KB055790

마탄의
사수

마탄의 사수 16

이수백 게임판타지 장편소설

초판 1쇄 찍은 날 | 2018년 5월 25일
초판 1쇄 펴낸 날 | 2018년 5월 30일

지은이 | 이수백
펴낸이 | 예경원

기획 | (주)인타임 김명국
편집책임 | (주)인타임 윤영상
편집 | 이즈플러스

펴낸곳 | 예원북스
등록번호 | 제396-2012-000132호
등록일자 | 2012. 7. 25
SFN | 제1-280호

주소 | 경기도 고양시 일산동구 호수로 646-24 위너스21 II 빌딩 206A호 (우) 10401
전화 | 031-819-9431 팩스 | 031-817-9432
E-mail | yewonbooks@naver.com

ISBN 979-11-6098-954-0 04810
      979-11-6098-073-8 (set)

마탄의 사수
16
이수백 게임판타지 장편소설
INTIME GAME FANTASY STORY
Der Freischutz
Musketeer
새벽

차 례

Geschoss 1

　"얼른 타십시오, 본부장님! 막아, 거기 더 막아! 보이지 않게 해!"

　자청이 황급히 경호원과 수행원들의 지휘를 시작했다.

　람화연과 람화정이 안내를 받아 움직이는 틈에 이하와 기정 또한 그들의 손에 의해 강제로(?) 끌려가고 있었다.

　"자, 잠깐만요- 나는 왜-"

　"휘, 휠체어를- 지금 누가 들고 뛰는 건가?"

　"바퀴가 안 굴러가!"

　마치 전쟁터와 다름없는 몸싸움은 오래가지 않았다.

　자청의 능수능란한 지휘가 시작되자 공항에서 차량까지의 동선은 순식간에 정리되었다.

　람화정이 이하에게 달려와 안긴 후 5분이 채 지나기 전에 그들은 모두 개량된 밴에 탑승할 수 있었다.

'밴? 이건 거의 리무진 버스 수준인데?'

거대한 차량은 완벽하게 선팅 되어 외부에서 내부를 볼 수 없는 환경이었다.

문이 닫히기 무섭게 공항을 빠져나가는 운전 솜씨 또한 보통이 아니었다.

"바로 시찰지로 모시겠습니다."

"응, 그렇게 해 줘요."

조수석의 자청이 뒤를 보며 말했다.

그 외에도 최후미 열에 기타 수행원과 경호원이 각 두 명, 문 옆의 마주 보는 좌석으로 람화연과 람화정이 앉고, 그 맞은편에 이하와 기정이 앉았다.

말하자면 람룽 그룹의 한국행 관련 최고 주요 인원들이 탄 차량에 이하와 기정이 덩그러니 놓여 있는 셈이었다.

"후우우…… 아시아 국가들은 이래서 다니기가 싫다니까. 놀랐지?"

람화연은 적갈색의 머리를 귀 뒤로 넘기며 손부채질을 했다.

그녀들의 일거수일투족이 화제가 되는 게 단지 홍콩 최대 재벌그룹이기 때문만은 아니었다.

그녀들의 외모가 한몫했음은 두말할 나위도 없다.

"아, 어– 이건 무슨……."

"하핫, 강렬한— 첫 만남이네요. 바, 반갑습니다."

"응? 그리고 보니, 하이하 당신 수행원인 줄 알았는데 별초의 길드 마스터잖아?"

"예, 어쩌다 보니…… 그렇게 됐습니다. 오, 오랜만이지요, 람화연, 람화정 님?"

기정은 이하의 옆에서 쩔쩔매고 있었다.

미들 어스에서의 '평등함'과 다른 현실의 클래스 차이는 생각했던 것보다 훨씬 묵직했다.

"내가 수행원이 어디 있겠어? 당신들 같은 삶이 아니라고."

그러나 그건 기정에게만 해당되는 일이다. 이하는 오히려 편안한 느낌마저 들었다.

그 말을 들으며 람화연은 금세 고개를 끄덕이곤 화제를 돌렸다.

"헷, 그나저나 뭐야, 불편하다는 게 이런 의미였어? 많이 불편한 거야?"

"어? 음— 마비야. 하반신 전체."

"흐응……."

람화연은 신기하다는 표정으로 이하의 다리를 바라보았다.

옆에 있던 기정조차 이하의 눈치를 잠시 살필 정도로 그녀의 눈빛은 노골적이었다.

신나라가 일반 여성들과 달랐다면 람화연은 또 다른 의미로 달랐다.

"고칠 순 있고?"

"응. 수술하면 가능성은 있다고 하더라고. 아! 람화연 당신 덕에 한결 수월해지겠어."

"과연……. 미들 어스에서 로그아웃 없이 오래 버틸 수 있는 동기가 확실한 셈인가. 그 엄청난 성장세를 현금화한다면 무리도 아니겠군. 아니, 웬만큼은 이미 모았을 텐데? 우리 캐슬 데일에서 가져간 정산금만 해도 충분하지 않아?"

"그게 또 그게 아니야. 독일에서 하는 수술이라 최소 20억, 구체적인 견적은 안 받았지만. 시간이 좀 지나서 금액은 더 올랐을 거야. 수술 난이도가 높아졌을 테니."

"유명한 의사야?"

"예전 병원에서 소개서 써 준다고 하긴 했는데 모르겠네. 독일에서 제일 큰 병원에 있다고 한 것밖에 기억이 안 나. 하인리히─ 누구랬나."

람화연은 담담하게 물었고 이하 또한 담담하게 답했다.

"하인리히……."

그녀의 표정이 아주 약간 움찔댄 것이 이하의 눈에 들어왔지만 특별히 신경 쓰지 않았다.

'뭐, 저게 당연한 반응이겠지.'

그러나 이하는 그녀가 어떤 생각을 하고 있는지 정확히 파악할 수 없었다.

"크흠! 어쨌든 나와 줘서 고마워. 아니, 나오는 게 당연하긴 한 거지?"

"뭘 또 당연까지 해. 나도 귀한 시간 뺀 거라고?"

이하가 어깨를 으쓱거리자 람화연은 방긋 미소 지었다.

이하의 얼굴을 보면 웃음이 나온다. 그것은 단순한 반가움 이상의 감정에서 비롯되는 웃음이었다.

"-따라서 이 부근은 국제 업무 지구로 이미 도시계획이 잡혀 있는 바, 휴양형 리조트의 개념보다는 고급형 비즈니스 호텔의 개념으로 접근하자는 안이 있습니다. 본부장님께서 결정을 내려 주시면-"

"그래서, 그래서? 마왕군을 전부 죽인 거라고? 업적도 따고?"

"나쁘지 않았어. 어차피 나 혼자 한 게 아니니까. 잘 알다 시피-"

이하는 람화연을 보며 말하다 스윽, 옆을 쳐다보았다.

람화연의 옆에 다소곳이 앉아 있는 블루블랙 컬러의 소녀.

미들 어스에서의 푸른 머리와는 달리 짙은 색의 헤어스타일 때문일까, 그녀의 차분함과 차가움은 더욱 구별하기 힘든 느낌이었다.

그러나 그것은 오직 인상과 관련된 느낌일 뿐, 이하를 바라보는 소녀의 눈에선 그 모든 분위기를 상쇄시킬 뜨거움이 오히려 분출되는 판국이었다.

"―여기 람화정…… 씨도 큰 역할 해 주셨지."

"오빠니까."

"응, 네?"

'다른 사람이었으면 그렇게까지 나서지 않았을 것이다.'라는 더 중요한 문장이 생략되어 버린 람화정의 말은 아무나 이해할 수 없었다.

람화연은 동생의 말을 이해하곤 씁쓸한 미소를 지으며 고개를 끄덕였다.

"쳇, 고생한 보람이 있긴 있군. 적어도 그 신대륙 원정대에 화정이를 비롯해서 우리 길드도 좀 얹혀 가야겠어. 책임질 거지?"

"내, 내가 선발하는 것도 아닌데 무슨 소리야?"

"하여튼 믿고 있을게."

"……본부장님, 제 말은 들으셨습니까?"

"응, 들었어요. 들으나마나 이미 서류로 다 본 거잖아. 제1후보와 제2후보 중 하나 선택하는 거. 알고 있고, 이 순간에도 주변 분위기는 계속 살피고 있으니까 걱정 말아요."

"예, 알겠습니다."

그녀의 '걱정 말아요'는 마치 '이 아까운 시간에 끼어들어서 방해하지 말아요'와 같은 뉘앙스였다.

"아, 그러고 보니 람화연 당신은 미들 어스에 집중하는 거 아니었어? 잘은 모르지만– 뭐…… 그런 기사를 본 적 있는데.”

이하의 질문은 공항에서 기자들이 내뱉던 것과 같았지만 의도가 달랐다. 그리고 람화연은 그 다름을 잘 캐치할 수 있는 여자였다.

“잘 알고 있네. 그럼 그 이유도 떠올릴 수 있을 것 같은데. 어때?”

밴에 탄 이후로 연신 웃음을 유지하는 그녀.

람화정과 마찬가지로 미들 어스와 현실의 머리 색깔이 다르다는 이유만으로도 그 분위기는 상당히 달랐다.

그녀를 잠시 바라보던 이하는 곧 입을 열었다.

“음……. 뻔한 거겠지. 미들 어스에서 현재 화홍이 보유한 성 또는 도시가 벌써 6개. 그곳에서 나는 수익의 현금화가 엄청나니까. 손익분기점이라고 하나? 그건 이미 넘었을 거고. 그룹 차원에서의 성과를 인정받아 또 다른 권한을 손에 쥐게 되었다…… 정도?”

“멋져, 오빠.”

짝, 짝, 짝.

람화정은 박수를 쳤고 람화연은 굳이 답하지 않은 채 미소만 지었다.

그런 분위기 속에서 기정은 ‘난 없는 사람입니다’라는 수준으로 스마트폰만 톡, 톡 만지고 있었다.

기정이 연락하는 상대방과 그 내용을 이하가 알면 펄쩍 뛰었으리라.

"그럼 이제 어디로 모실까요? 하이하 님."

자청의 목소리가 이하에겐 사뭇 진중하게 느껴졌다.

미들 어스에선 이하와 상당히 친하고 또 도움도 많이 받은 자청이었지만, 현실에서의 느낌은 완전히 달랐다.

그야말로 거대 그룹 회사의 고급 관리자.

람화연과 람화정을 1:1로 마크하는 가정교사이자 보좌관.

그 절대적인 업무처리 능력에서 뿜어져 나오는 포스, 결코 중년 같지 않은 매끈한 수트 차림은 이하를 어렵게 만들기에 충분한 힘이었다.

"아, 네, 저기- 자청 님, 음…… 제가 찾은 곳이 이런 느낌이긴 한데."

"어디 봐! 음- 뭐야, 이거?! 미슐랭 가이드에서 뽑아 온 거잖아?! 스테이크 레스토랑?"

"그, 그런 곳을 가야지! 내가 그거 찾느라 얼마나- 아니, 근데 일단 돌려주지 않을래?"

"헹, 됐네요. 이런 거 필요 없고!"

람화연은 이하의 손에서 낚아챈 종이를 좌악, 좌악 찢어 버렸다.

이하의 눈이 휘둥그레 되었다.

"나는 이런 거 먹으려면 매일 먹을 수 있어. 더 좋은 걸로. 내가 원하는 건 이런 게 아니야, 하이하."

그녀의 상체가 이하를 향해 쭈욱, 튀어나왔다.

도발적인 그녀의 태도를 보며 이하는 금방 생각을 바꿀 수 있었다.

"좋아. 좋아, 좋아. 당신이 뭘 원하는지 알겠어. 후회하지 않을 거지?"

"후회할 것 같아?"

"오케이. 기정아!"

"어, 어어?!"

"우리 동네로 떡볶이나 먹으러 가자. 야끼만두 잔뜩 넣어서."

그야말로 서민적인 먹거리 장소로 안내해 달라는 뜻. 람화연과 하이하는 확실히 서로 간 눈치가 통하는 사람들이었다.

'나 좀 내려 줘…… 그냥 버스 탈래!'

옆에 앉은 기정만 가시방석이었다.

"아줌마, 컵떡볶–"

"쉬, 쉬잇! 얘들아, 어서 가."

"안에 누구예요?"

"그런 거 물어보면 큰일 나! 어서 가!"

매장 밖에서 기다리던 떡볶이 집 아주머니는 다가오는 초등학생들을 재빨리 내쫓았다.

다섯 평이 채 안 되는 작은 떡볶이 집은 이하 일행이 전세⑺를 내어 버려 몽땅 들어앉아 있었으니까.

하물며 그 입구 쪽에 선 경호원 둘의 압도적인 체구란……이들이 누구인지 모르는 떡볶이 집 아주머니는, 그저 아이들의 보호를 위해 최선을 다할 뿐이었다.

"음! 매워! 근데 맛있어! 이건 뭐야!? 야시장에서도 안 파는 건데?"

"물."

"끄흐흠, 홍콩 출신으로서 이걸 '만두'라고 부르긴 좀 그렇군요. 샤오롱바오小籠包에 비하면야–"

"개당 300원짜리 야끼만두 먹으면서 무슨 샤오롱바오 같은 말씀을 하세요. 자, 여기 물. 떡볶이는 여기 단무지, 김치랑 같이 드셔도 맛있으니까."

그 작은 매장 안에서 이하와 기정은 일일 주인이자 아르바이트생이었다. 맛있게 떡볶이 그릇을 비우는 그들을 보며 이하는 의문이 생겼다.

'근데 순 미들 어스 얘기만 하고…… 뭐야, 이런 얘기 할 거였으면 그냥 미들 어스 안에서 해도 되지 않나?'

신나라를 만날 때만 해도 달랐다.

어느 지역에 사는지, 뭘 좋아하는지, 예전엔 뭘 했는지. 실제 현실의 이야기를 훨씬 많이 했건만.

홍콩과 서울의 거리 차 때문일까, 싶었으나 그것만은 아니었다.

사실 이하가 기억하지 못하는 사실이 있을 따름이었다. 자청이 이미 이하의 프로필을 쭉 읊었던 적이 있다는 것을.

이미 람화연은 이하에 대해 '거의 모든 것'을 알고 있었기에 따로 묻지 않은 것이다.

"우에어 엉제 우울하러 갈一"

"먹고 말해, 먹고. 글로벌 그룹 총수의 장녀가 뭐 식사 예절이 이래?"

쩝, 쩝, 쩝, 꿀꺽.

"흥, 이런 곳에서나 이렇게 먹어 보는 거거든? 밖에선 마음대로 뭘 먹지도 못한다고."

"알았으니까 천천히나 드셔. 체할라."

"그래서, 언제 수술하러 갈 거냐고 물었어."

"언제는 무슨. 돈이 돼야 가는 거一"

삐리리리리릿一! 삐리리리리릿一!

자청의 휴대폰이 시끄럽게 울린 것은 그때였다. 모든 사람이 화들짝 놀랄 정도로 큰 음량이었다.

"자청?"

"이런…… 회장님입니다."

"휴, 잠시도 가만두질 않으신다니까. 주세요."

회장만이 연락할 수 있는 핫라인 용 전화. 람화연은 다소 어두운 표정으로 전화기를 건네받았다.

그녀가 통화를 시작하기 무섭게 자청이 곁에서 말을 걸어 왔다.

"마스터케이 님은 미들 어스에서 별다른 일 없으신지요?"

"네? 아, 그럼요."

"귀족鬼族 몬스터 퇴치 때 저희와 함께하셨으면 더 좋았을 것을. 안 그렇습니까."

"그랬을 수도 있지만— 화홍과 별초의 관계라면—"

"이제 그런 과거가 무슨 상관이겠습니까. 이렇게 하이하 님이 중간에 떠억 있는데."

"뭐, 그, 그렇죠. 하하. 하긴, 이하 형이 중간에서 다리를 놔 준다면 저희가 군이 반목할 이유도 없겠네요."

"그렇습니다! 안 그래도 저희 도시가 많아져서 치안 유지에 애를 먹는 경우가 종종 있는데, 캐슬 데일을 비롯하여 가끔 한 번씩 들러 주십시오."

너스레를 떠는 자청의 목적을 이하는 뻔히 알 수 있었다.

점점 어두워지는 람화연의 표정.

어차피 중국어를 못 알아들음에도 그는 람화연과 회장 간의 통화를 엿듣지 못하게 만들고 있는 것이다.

물론 그 와중에도 조금이나마 인맥을 넓히기 위해 기정에게 말을 거는 수완이 바로 자청이 가진 힘이 아닐까.

"후우우우……. 자청, 여기 전화요."

그사이 람화연은 자신의 부친과 통화를 끝냈다.

람화연이 한숨을 쉬자 곁에 있던 람화정의 표정도 덩달아 어두워졌다.

"무슨 일 있어?"

"일이야 항상 있지 않겠어? 하아아…… 하나를 해결해도 또 다음 하나, 또 다음 하나. 심지어 매번 비슷한 일들이 매번 다른 방향에서 날 괴롭히고 있다고. 회장님― 아니, 아빠한테 이런 얘기 들을 때마다 너무 무력해지는 기분이야."

람화연은 포크로 떡볶이를 쿡, 쿡 찌르며 넋두리를 늘어놓았다.

'하긴, 회사 일도 일이지만 그 지시를 하는 대상이 글로벌 그룹의 총수이자 아버지라면……. 힘들 만도 하겠어.'

언제나 강철 같은 단단함을 자랑하던 그녀에게서 볼 수 없는 모습에 이하와 기정도 조금 놀랄 정도였다.

"하이하 당신이 이런 고민을 알까?"

아무런 기대도 없이 그저 툭, 던지는 한 마디의 질문. 그저 넋두리 같은 그 말을 들으며 이하는 생각했다.

"응. 알 것 같아."

"뭐?"

그래도 람화연보다는 삶의 경험이 있는 그가, 저 천하의 람화연에게 어느 정도 도움을 줄 수 있다는 것을.

비단 람화연뿐 아니라 다른 사람의 눈도 이하에게 쏠렸다. 기정은 놀랐고 자청은 흥미로워했다.

"어, 엉아, 무슨 소리야. 우리 같은 소시민이 무슨— 무슨 저런 거물들의 일을 안다고—"

"아냐, 기정아. 이건…… 단순히 돈의 많고 적음에 따라, 또는 생활수준이 높고 낮음에 따라 생기는 고민 같은 게 아니야."

기정이 이하의 입을 막으려 했지만 그럴 수 없었다.

바뀌어 버린 이하의 목소리.

차분하면서, 조금은 느릿한 그 음성이 분식집에 울리기 시작했다.

"……그래서…… 하이하 당신도 이런 고민을 안다고?"

그것은 단순한 청춘의 고민 따위가 아니다.

손꼽히는 재벌 그룹을 이끄는 중역이 갖는, 또 다른 이름의 '중압감' 이건만.

이하는 그런 람화연을 보며 미소로 답했다.

"람화연 씨."

"응?"

"우리가 미들 어스에서 밖에 만나 보지 않았지만, 그래도 나에 대해 조금은 알 거라고 생각해. 특히 내 사격에 대해서라면. 그렇지?"

"어, 으응, 그렇지."

갑자기 사격? 그러나 람화연이 고개를 갸웃거리든 말든 이하는 계속해서 말을 이었다.

"혹시 당신은 내가 쏠 때마다 100% 맞춘다고 생각해?"

"거의…… 그렇지 않았나? 특히 중요한 순간에 당신의 활약은- 100% 이상의 적중률이라고 봐도 과언이 아닐 텐데."

"킥, 아냐. 현실에서도 그렇지만 미들 어스에서도 불과 40m앞의 토끼를 못 맞춘 때가 있었어."

"뭐? 당신이?"

"응."

그녀의 단언을 들으며 이하는 작게 웃었다. 그렇다. 람화연의 저 답변이야말로 이하를 향한 또 다른 '중압감'일 것이다.

타인의 기대에서 비롯되는 해내야 한다는 압박과 같은 것 말이다.

"쏴서, 맞추는 것……. 어찌어찌 해낸다 하더라도 이번의 적중이 다음을 보장해 주지 않지. 방금 람화연 당신이 말한 것처럼 '매번 비슷한 문제들이 다른 방향'에서 나를 괴롭혀. 그런 걸 생각하면 내가 굉장히 무력하다는 느낌을 많이 받거든. 해내도, 해내도 자신감이 생기지 않고 해내도, 해내도 불안하다……. 과연 나는 성장을 한 걸까, 이전과 지금의 나는 뭐가 바뀐 걸까. 지금 맞춰 봐야 결국 다음 타겟을 노릴 때가 되면 또 힘들어지지 않을까……."

이하는 람화연을 보며 말하고 있었지만 그것은 동시에 자기 자신을 향한 말이었다.

'만발 사수'라는 듣기 좋은 타이틀이 머리 위에 걸릴수록 방아쇠를 당기는 한 발의 무게는 총알 이상으로 늘어나게 된다는 것.

그간 이하가 살아오며 겪어 왔던 것들.

비록 실전형 훈련일 뿐이었지만, 오히려 '전우'라고 부를 존재 없이 언제나 전장에서 홀로 지내 왔던 스나이퍼만이 가질 수 있는 외로운 중압감의 표현인 셈이었다.

"그럼 당신은 어떻게 하지? 그럴 때마다."

람화연이 물었다.

이하가 말을 꺼냈을 때부터, 조용해진 분식집에선 수행원과 경호원들조차 그 호흡을 조절하게 될 정도의 침묵이 감돌고 있었다.

그 상황에서도 이하는 즉각 입을 열지 않았다.

조금 더, 밥에 뜸을 들이듯 대답에 맛을 담기 위해서.

그리고 마침내 람화연의 물음에 답했다.

"그 무력감에 감사하지."

주변의 그 누구도 예상치 못한 말이었다.

한국인인 기정조차 정확히 이해할 수 없는 한국말이나 다름없었다. 기정이 고개를 갸웃거리는 와중에 람화연이 귀에 꽂은 번역기를 만지작거리는 것은 당연한 일이었다.

"……응? 감사한다고?"

"응. 번역 제대로 됐을 거야. 그럴 때 나는, 날 짓누르는 그 무력감에 감사한다고."

"그게- 무슨…… 소리지?"

"그토록 무력함을 느끼니까 내가 쏜 한 발이 적중했을 때. 그다음 한 발이 다시 적중했을 때 행복할 수 있는 거거든. 만약 그런 무력감 내지 부담감을 느끼지 못했다면 적중시켰을 때의 행복도 없겠지. 그냥 할 수 있는 일을 해 버린 사람이 어떤 즐거움을 느끼겠어. 안 그래?"

"인정받을 때의 성취감에 대해서 말하는 거야?"

후우우…….

이하는 크게 숨을 내쉬며 고개를 저었다.

"단순한 성취감과는 달라. 당신의 기대에 부응하며 무언가를 해냈다! 라기보다는, 더 근본적인 느낌에 가깝지. 정말로 살아 있다, 라는 느낌이라고 말할 수 있을까? 타인의 기대와는 상관없이, 내가 살아남았다는 그런 느낌…… 뭐, 그런 거야."

"그런 거라……."

마치 선문답과 같은 이하의 말을 들으며 람화연은 숨을 내뱉었다.

느낌으로 알 것 같지만 겪기 전엔 와닿지 않는 류의 기분이지 않을까.

그것을 이하도 알고 있기에, 지금 당장 그녀가 자신의 말을 이해하고 또 알아듣길 바라진 않았다.

오히려 활기찬 목소리로 분위기를 환기시킬 뿐이었다.

"그러니까 람화연 씨! 당신한테 지금 필요한 것은!"

"필요한 것은?"

"파하아아아―――― 심호흡 하면서 허리에 힘을 빼는 거지. 자, 자, 허리에 힘 쭈우욱 빼고!"

"어엉?"

이하의 환한 미소를 보며 람화연은 황당하다는 표정을 지었지만 그것은 곧 사라졌다.

그것은 이하가 람화연에게 알려 주는 일종의 비결이었다.

누구나 느낄 수 있는 부정적인 감정, 말하자면 인정받기 위한 삶의 투쟁 같은 그 압박감.

자신이 지워져 버리는 것 같은 그 기분을 어떻게 없앨 수 있는가?

자신이 자신으로 남기 위해선 무엇을 해야만 하는가?

"하여튼……."

후, 하, 후, 하!

과장된 심호흡을 하면서, 녹아내리는 것 같은 몸짓을 연기하는 이하를 보며 람화연도 풋, 웃음을 내뱉고야 말았다.

그런 이하와 람화연을 바라보며 자청이 미세하게 고개를

끄덕였다.

'과연⋯⋯. 지금의 아가씨에게 일에 관한 조언을 해 줄 사람은 천 명도 넘게 있지만, 그 누구도 소용이 없겠지요. 멘탈을 잡아 줄 수 있는 말, 그것도 핵심을 잡아 줄 수 있는 사람이 필요한 것⋯⋯. 역시 하이하 님은 그룹 차원에서 필요한 인재입니다.'

삑- 자청은 조심스레 수트 안주머니에 있는 녹음기의 전원을 눌러 껐다.

'이 대화만큼은 회장님께 꼭 전달해야 하겠군요.'

까불거리는 이하와 당황한 기정, 그리고 그 모습을 훈훈하게 바라보는 자청과 람화정 사이에서 홀로 고민하던 람화연이 벌떡 일어선 것은 그때였다.

"자청!"

"예, 예엣! 본부장님!"

"우리 일정이 언제까지지?"

"원래대로라면 내일 오후 출국입니다만-"

"비행기 바꿔요. 돌아가야겠어."

"지금 말씀이십니까?"

"응. 아버지- 아니, 회장님은 내일 출국이시잖아요? 그전에-"

쾅-! 람화연은 가볍게 쥔 주먹으로 테이블을 내리쳤다.

"-담판을 지어야겠어."

"······가기 싫은데."

"뭐라고, 화정아?"

"아니."

람화정이 입을 비죽이며 그녀의 곁에서 조심스레 일어섰다. 기정이 어리둥절했지만 이하는 람화연의 결정을 이해할 수 있었다.

"하여튼 추진력 하나는 끝내 준다니까."

"흥, 당연하지. 속도도 경쟁력이거든! 그럼 하이하, 다음에 또―"

停下来! 停下来!

저리 안 비켜? 아따끄 쌩쁠Attaque Simple, 꾸드르와Coup droit!

啊―!

우당탕탕, 하는 소음과 함께 분식집 입구에서 소란이 일었다.

"무, 무슨 일인가? 누가―"

"하아, 하아····· 이하 씨!"

거구의 경호원 두 명을 제쳐(?) 버리며 난입한 것은 신나라였다.

굵지도 않은 나뭇가지 하나를 든 날렵한 체구. 그것만 쥐어져도 그녀를 이길 수 있는 자는 전 세계에 몇 되지 않으리라.

"나…… 나라, 나─ 나라 씨가 여길 어떻게……."

"후우…… 후우……."

그 정도 수준의 펜서가 이하를 향해 눈빛을 쏘아 대고 있었다.

그 뒤에서 보배가 기정을 향해 '어떻게 좀 해 봐요, 미치겠어!'라고 입을 뻐끔거렸다.

"약속을 미루는 게 이런 이유였어요?"

"어─ 아니, 그, 그게─ 잠시만 제 얘기 좀 들어 보세요."

어떻게 알았지? 라는 생각은 할 필요도 없다.

중요한 건 이미 그녀가 알게 되었다는 것. 이하가 손사래를 치려는 사이, 람화연이 코웃음을 치며 신나라의 앞으로 다가섰다.

"세이크리드 기사단의 여사女士?"

"그렇게 부르지 말아 주시죠, 람화연 씨. 한국 펜싱 국가대표 신나라입니다."

"어머나, 그러면 람화연 씨라고 부르지 말아 주시죠? 홍콩 람롱 그룹 본사 신사업 발굴 TF 본부의 람화연 본부장입니다."

두 여자의 눈빛이 공중에서 불똥을 만들어 냈다. 그러나 불행 중 다행이라고 한다면 지금의 타이밍이리라.

"고마웠어, 하이하. 난 이제 '이룰 거 다 이뤘으니' 가 볼게. 미들 어스에서 보자고!"

"어, 으응– 그래."

람화연이 신나라와 어깨를 가볍게 부딪치며 분식집 밖으로 나섰다.

그녀들을 보며 이하가 당황하는 사이, 또 다른 여성 람화정이 종종걸음으로 이하를 향해 걸었다.

신나라가 황급히 람화정을 불렀지만 이미 때는 늦었다.

"잠깐! 람화정 씨, 당신 무슨–"

"안녕, 오빠. 다음에 또."

블루블랙 헤어 컬러의 소녀가 이하의 품으로 포옥, 들어간 다음이었으니까.

그 대담한 포옹에 모두의 행동이 멈춰 버린 분식집 안. 이하의 팔만이 공중에서 애매하게 떠 있었다.

"크, 크흠, 아가씨. 어서 돌아가시지요. 아무리 한국이라지만 보는 눈이 많습니다."

"응."

정신 차린 자청이 재빨리 람화정을 떼어 냈지만 신나라의 눈은 더욱 불타오르고 있었다.

"돌아가자!"

知道了!

자청의 한 마디에 수행원과 경호원들이 우르르 빠져나
갔다.

그들이 애당초 타고 온 버스 크기의 밴이 시동을 걸어 출
발할 때까지도, 분식집 안의 신나라와 보배 그리고 이하와
기정은 멍하니 서로의 눈만을 바라보고 있을 뿐이었다.

"그…… 저기……. 나라 씨?"

"……."

"호, 혹시 떡볶이 좋아하세요?"

이하가 가까스로 내뱉은 첫 마디였다.

"자청, 펭한테 전화 연결 좀."

"……둘째 도련님 말씀이십니까?"

"응."

람롱 그룹 총수 슬하 4남 3녀 중 2남. 람펭.

자식 교육도 적자생존으로 만들었던 람롱 그룹의 제왕학
은 모든 형제들을 라이벌이자 적으로 인식하게끔 만든 상황
이었다.

즉, 친자매이자 사업에 별 관심이 없는 람화정을 제외한

나머지 형제들은 모두 람화연과 사이가 좋지 않다는 뜻.

그런 와중에도 1녀 람화연에 비하면 두 살 어린 동생인 2남 람펭은 람화정을 제외한 다른 형제들 중 유일하게 중립적인 태도에 가까운 형제였다.

"펭."

ㅡ하오! 무슨 일이야, 누나가 전화를 다 하고?

"얼마 전에 독일 병원에서 데려온 사람이 닥터 하인리히 맞지?"

ㅡ응? 갑자기 무슨 소리야? 안부도 안 묻고 그러기야?

"독일에서 수술비로 20억을 초과할 정도의, 신경과 척추 계열의 대수술을 감당할 수 있는, 세계적 명성의 명의이면서 그 성이 하인리히인 사람이 또 있는 거 아니지?"

ㅡ……없어. 그 인간이랑 휘하 스텝들 전부 데려오느라 얼마나 고생했는데. 그 정도 말할 정도면 누나도 벌써 조사 끝난 거 아냐?

이하의 다리 이야기를 들으며 람화연이 눈살을 찌푸렸던 건 장애인이 보기 흉해서가 아니었다.

이하가 내뱉은 키워드들이 분명히 임원회의 때 들어 본 단어, 들어 본 이름이었기 때문이었다.

'설마…… 본부장님이…….'

람화연의 맞은편에 앉은 자청은 표정을 관리하기 힘들었다.

중립적이라는 건 사이가 좋다는 뜻이 아니다. 그나마 거래를 할 정도의 사이가 된다는 의미밖에 되지 않는다.

즉, 람화연이 무언가를 요구하면 반드시 그녀도 펭의 요구를 들어주어야만 한다는 것!

'아니, 저 하이하 님을 완전히 우리 사람으로 만들 수 있다면 손해 보는 거래는 아니겠지만— 정말로 그런 말을 하시려고—'

자청의 기대 섞인 걱정은 람화연의 다음 말로 현실이 되었다.

"닥터 하인리히 스케줄 잡아 줘. 하반신 마비 환자. 허리 아래는 감각도 없고 움직이지도 않아. 정밀 검진은 일정 잡은 후에 병원에서 하도록 하지."

—파핫! 내가 방금 그 인간 데려오느라 고생했다고 얘기하지 않았나? 현재 그룹 병원에서 제일 바쁜 사람이라 해도 과언이 아니라고! 진료는 물론이고 연구도 산더미야. 거기에 본토 병원 의사들과 교류도 해야 하고. 우리 회사 수준이 아니라 거의 '당' 차원에서 하인리히를 관리하려고 하는데 누나가 아무리 그렇게 말해도—

"펭."

—뭐, 뭐야?

"최우선으로. 잡아. 나머진 만나서 얘기하자."

—누, 누나— 누—

탈깍. 람화연은 전화를 끊었다.

그룹 내 신사업 발굴로 람화연이 자리하고 있다면, 그룹 내 의료 계열에서 수행 중인 것이 바로 펭이다.

"자청."

"예, 본부장님."

"펭이 요구할 만한 게 뭐 있는지, 최근 본 그룹 의료 계열에서 문제점으로 지적된 사건이나, 중역 회의에서 나온 안건 있으면 전부 조사해 줘요. 홍콩에 도착하기 전에."

현재 그룹 내 위치로 보자면 람화연이 펭보다 몇 발자국 앞서 있는 상황이다.

후계자 서열 다툼에서 앞선 람화연이 그에게 먼저 손을 내민 것을 펭은 결코 보고만 있지 않으리라.

그것 또한 람화연은 잘 알고 있었다.

"알겠습니다."

고개를 조아리는 자청을 쳐다보지도 않은 채, 람화연은 턱을 괴고 창밖을 바라보았다.

"……'신나라'라……."

그 작은 읊조림을 들은 그녀의 피붙이가 옆에서 한 마디 거들었다.

"별거 아냐, 언니."

람화정이 콧김을 흥, 뿜었다.

"진짜 별거 아니라는 거죠?"

콱-!

신나라는 테이블을 보지도 않고 젓가락으로 떡볶이를 집어 먹었다.

고작 떡볶이를 집는 것이건만, 기정이 잠시 감탄할 정도의 군더더기 없는 움직임이었다.

"무슨 생각을 하시는지 모르겠지만, 하여튼 무슨 특별한 게 아니라 정말 '보은' 차원에서의 만남이었어요. 나라 씨도 아시잖아요, 제가 성주로 임명된 도시 어떻게 됐는지."

"그래, 나라야. 인간의 도리로서 당연한 거네! 거봐, 별일 아닐 거라니까 갑자기 그렇게 나서 가지고는."

람 자매가 떠난 후로 이하는 성심성의껏 설명했다. 왜 자신이 이런 해명을 해야 하는지도 정확히 이해하지 못한 채.

그 옆에서 보배까지 맞장구를 쳐 주자 신나라의 기세는 처음의 그것에 비해 확연히 줄어든 상태였다.

"알았어요. 이하 씨가 그렇게 약아빠진 늑대처럼 굴지 못할 거라는 건 저도 아니까-"

"네?"

"-아, 아니, 하여튼! 하여튼 그렇다고요."

뭐가 그렇다는 거지? 어쨌든 당황하며 말을 더듬는 신나라를 보자 이하는 그제야 한숨 놓을 수 있었다.

전체적으로 분위기가 조금 차분해지자 마침내 이하도 궁금했던 점을 물어볼 수 있었다.

"그럼 저도 뭐 하나 물어봐도 돼요?"

처음부터 줄곧 마음에 걸렸던 것. 심증은 있으나 물증이 없던 사실.

"뭔데요?"

"나라 씨랑 보배 씨가 어떻게 여길−"

"와, 와아아앗−! 맞다, 맞다! 다들 그거 보셨어요? 저기, 뭐냐. 미들 어스 홈페이지! [페이즈 3]!"

이하가 질문을 꺼내기 무섭게 보배가 파닥, 파닥 양손을 휘저으며 자신의 스마트폰을 꺼내었다.

어떻게 여기를 왔냐고?

보배가 기정과 몰래 연락을 주고받았기 때문!

도둑이 제 발 저린 건 예나 지금이나 똑같은 것이다. 불행 중 다행히 지금은 이하의 관심을 돌리는 데에 성공했다는 점일까.

페이즈 3라는 단어에 이하와 기정의 눈이 휘둥그레 커졌다.

"페이즈 3?"

"모르셨죠? 기정 씨도 몰랐죠?"

"어, 네. 언제?"

"저희 여기 출발하기 직전에 커뮤니티가 난리 나서 봤더니 이런 게 있더라고요."

보배는 재빨리 미들 어스 홈페이지로 접속, 새로 업데이트된 공지를 눌러 그들에게 내밀었다.

[끝은 끝이 아닙니다. 3의 한계를 넘을 것입니다.]

"끝은…… 끝이 아니다?"

"3의 한계? 뭔 소리지?"

이하와 기정이 고개를 갸웃거렸다. 그나마 넷 중 이 소식을 가장 먼저 접한 보배만이 주워들은 정보를 풀어낼 뿐이었다.

"아마 이하 씨가 알아낼 수 있지 않을까 싶어요."

"제가요? 지금 이걸 봐도 전혀 모르겠는데ㅡ"

"커뮤니티에서 제일 많이 이야기가 나오는 것은 말 그대로 '3의 한계', 300레벨 만렙 제한 해제 썰!"

촤앗ㅡ! 보배가 이하를 향해 손가락을 겨누며 외쳤다.

"아…… 알렉산더한테 물어봐 달라는 거죠?"

"네. 끝은 끝이 아니다, 라는 것도 그 얘기겠죠. 더 이상 만렙은 만렙이 아니다, 라는."

"으음, 알렉산더가 은근히 성장과 관련된 것은 말을 아끼는 편이라 아마 안 알려 줄 것 같기도 하지만…… 무엇보다……."

보배의 말을 들었지만 이하는 만족스럽지 않았다.

'그게 하나의…… 비밀일 수는 있어. 그러나 그걸로 끝일

리는 없다.'

이미 페이즈 2를 통해 겪어 보지 않았던가.

한 가지의 문장을 여기저기에 접목시킬 수 있는 방식으로 미들 어스는 유저들을 기만하고 착각하도록 유도했다.

'국가전이 끝이라 생각했지만 실제론 그게 아니었지. 이제 와서 페이즈 2가 끝났다면 역시 내 예상이 맞았다는 뜻.'

신대륙 원정과 관련된 모종의 일이 끝났으리라.

즉, 이하는 페르낭이 각 국가별로 일정 수준 이상의 합의를 이끌어 냈음을 짐작할 수 있었다.

"그 외에도 커뮤니티에선 말들이 많더라고요. 3의 한계는 무엇인가. 끝이 끝이 아니라는 건 무엇을 뜻하는가 등등―"

"어차피 겪어 봐야 아는 거잖아. 미들 어스에서 추측 따원 별로 필요 없다고. 안 그래요, 이하 씨?"

신나라는 무슨 그런 얘기를 하냐고 묻는 듯 보배의 말을 끊어 버렸다.

"어? 네. 그렇죠. 유저 뒤통수치는 걸 즐기는 게임이니까."

이하가 동의해 주자 나라의 입꼬리가 씰룩거렸다.

"이하 씨, 시간 있죠?"

"시간이야…… 있죠."

"기왕 이렇게 된 거, 우리랑 놀아요. 보배 너도 괜찮지?"

그녀는 순식간에 분위기를 주도해 나갔다.

전부 부숴 버릴 기세로 들이닥칠 땐 언제고 희희낙락한 저 표정이라니.

물론 이하의 옆에 기정이 있는데 보배가 거절할 리 없었다.

"이모! 저희 떡볶이 2인분이랑 튀김 추가요! 기정 씨도 떡볶이 좋아해요?"

"저는 이런 떡볶이 말고 돌로 만든 떡볶이 좋아하는데."

보배의 활기찬 물음에 기정이 능글맞게 웃으며 답했다. 그 표정을 바라본 이하와 나라가 모두 고개를 저었다.

'설마……'

'또 무슨 얘기를……'

그러나 이미 눈을 반짝이는 보배의 질문을 막을 순 없었다.

"돌로 만든 떡볶이가 뭔데요?"

"즉, 석石떡볶이죠."

이하와 나라의 미간에 내 천川자가 진하게 그려졌다. 떠들썩했던 토요일이 빠르게 지나가고 있었다.

Geschoss 2

후와아아아———!

이하는 자신의 눈앞에 생성되는 청록색 빛을 보면서 가볍게 눈을 감았다.

이제는 거의 접속 주기에 맞춰 사용되는 이 마법이 무엇인지 뻔히 알 수 있었기 때문이다.

[뀨!]

"블라우그룬 씨, 잘 있었어요?"

[뀨뀨! 뀨!]

블라우그룬이 파닥거리며 이하의 머리 위를 한 바퀴 돌았다.

파트너 관계라지만 아직은 보호가 필요한 '펫'의 개념에 가까운 그 행동에 이하도 미소가 지어졌다.

'그러고 보니 블라우그룬 씨 레어에서도 아이템 챙겨야 하는데. 뭐, 돈이 급한 건 아니니까 우선 보류해 둬야지.'

피딩을 시작한 후로 블라우그룬과 어느 정도 대화가 통한다는 것을 확신하고 있었지만 그래도 만족할 수 없었다.

정말로 '사람의 말'로 대화를 하게 된 이후, 가장 좋은 것을 골라 달라고 하는 게 훨씬 나은 방법이리라.

"그때 진짜 좋은 거 골라 줘야 합니다?"

[뀨우?]

그 말을 알아들을 리 없는 블라우그룬이 고개를 갸웃거렸다. 이하의 방 문이 두들겨진 것은 그때였다.

성주님, 페이토르입니다.

"아! 네, 페이토르 씨 들어오세요."

도시 총괄 관리 NPC, 쉽게 말해 집사가 이하의 앞으로 또다시 서류 뭉치를 들고 들어오고 있었다.

"본국 수도에서 내려온 서신입니다. 교황청 발 공문이므로 각 성주의 권한으로 확실하고 빠르게 내용을 전파하라는 지시가 있었습니다."

"교황청 발? 줘 보세요."

샤라락, 이하는 즉각 종이를 받아 살피기 시작했다.

페이즈 3 업데이트를 보는 순간부터 짐작하고 있었던 내용이 공문에 고스란히 적혀 있었다.

"[신대륙 원정대원 모집]……. 인원제한도 있네요."

"아직 확정은 아니라고 하지만– 그토록 멀리 떠나야 하는데 대인원이 갈 수는 없겠지요. 원양까지의 항행능력과 그 능력을 구현할 선박도 필요하고 물자까지 고려한다면……."

"음, 음. 그렇겠죠. 근해가 아니니까."

원양도 보통 원양이 아닐 것이다.

어쭙잖은 선박은 가는 길의 풍랑만으로도 파손되기 십상. 당연히 대인원을 데려갈 순 없으니 선발 테스트를 거칠 수밖에 없었다.

'이미 확정된 인원이 일곱. 아니, 베일리푸스는 제외해야 하니까 여섯인가.'

마왕군 토벌단원은 자동 참가 자격이 주어졌다.

알렉산더, 이지원, 람화정, 키드, 루거 그리고 이하.

'만약 참가를 노린다면 랭커 탑텐은 무조건 하려고 들겠지. 그래도 마왕군 편에서 활동했던 녀석들까지 오긴 어려울 거고.'

이미 교황청으로부터 확실히 적으로 찍혀 버렸다.

사망하며 마왕군 앞잡이의 지위를 잃었다는 걸 이하는 알 수 없었지만, 어쨌든 교황청과의 친밀도가 마이너스라는 건 충분히 짐작할 수 있었다.

그들이 참여하는 일은 없을 것이다.

'그렇다면 일단 남은 랭커 중에는 페이우, 뻬뜨르, 치요, 나라 씨, 보배 씨. 다섯인가.'

공문에는 몇 명 모집이 적혀 있지 않았다.

그러나 결코 많지 않으리라는 걸 이하는 이미 알고 있었다.

'이미 확정된 여섯에, 추가로 다섯 자리를 빼고 나면? 기정이 녀석도 오고 싶어 하던데. 으으음……. 꽂아 줄 순 없지만 도와주긴 해야겠지.'

이하는 가방을 열어 아이템을 뒤적여 보다 친구 창을 살폈다. 기정은 여전히 로그아웃 상태였다.

'근데 이놈은 접속 안 하나? 벌써 집에 도착했을 텐데. 아, 하긴…….'

문득 분식집에서 헤어질 때, 보배와 함께 가겠다던 기정의 말이 떠올라 이하는 음흉한 웃음을 지어 보였다.

아직까지 접속을 안 하고 있다면 이유는 뻔한 것이리라.

"무슨 좋은 일 있으십니까, 성주님."

"크흠, 아뇨, 아− 이 공문은 결국 수도에서 테스트를 하니까, 각 성별 지원자가 있을 경우 즉시 알려 달라는 거죠?"

"예. 5일 후 접수 마감이고 이후 3일간 테스트를 치른다고 합니다."

"오케이. 주요 골목에서 방으로 붙여 주세요."

"알겠습니다. 그리고 이건 저번에 지시하신 본 도시 내 주요 세입자 리스트입니다."

"아! 굿, 굿. 고마워요."

기정과 보배가 어디서 무얼(?) 하고 있을지 이하는 잠시 상상하다 페이토르에게 또 다른 서류를 받아 들었다.

"어디 보자, 누가 우리 도시에 돈을 듬뿍듬뿍 내주고 계시는가……."

아저씨 같은 말투로 한 장, 또 한 장, 적혀 있는 종이를 넘기는 이하.

많은 세금을 낸다는 것은 벌이가 좋다는 뜻이고, 도시 관리인으로서 그들을 '특별히' 관리해 줄 필요가 있다는 노하우를 람화연에게 이미 들었다.

"좋은 선물은 못하더라도 장사에 지장 없게 도와주기라도 해야 한다는─ 음?"

람화연의 가르침을 되뇌던 이하의 눈에 어떤 항목이 들어왔다.

"요정『키츠네狐』. '여우'라는 뜻인가? 심지어 소유주가 치요……?"

미들 어스에서 굳이 번역되지 않는 단어라고 한다면 그건 유저가 일부러 그렇게 설정했다는 뜻. NPC에 의한 게 아니다.

게다가 요정이라고 하면 주점과 유사한 개념이지 않은가.

굳이 쓰는 일본어에, 소유주 치요의 직업을 떠올린다면, 랭커 외 동명이인이라곤 생각할 수 없었다.

"페이토르 씨, 이 치요가 혹시 어─ 이방인을 말하는 건가요?"

"맞습니다, 성주님."

"우리 도시에……? 어, 언제부터? 나한테 보고도 없이 유저가— 아니, 이방인이 우리 도시의 건물을 소유할 수—"

"그게 아닙니다, 성주님. 치요가 그 건물을 소유한 것은 이미 오래전 일입니다."

"아! 미니스 때의 일인가요?"

"맞습니다."

페이토르의 말을 들으며 이하는 수긍할 수 있었다. 그리고 동시에 등골에 소름이 돋는 기분을 느꼈다.

'설마…… 아냐, 그렇게까지 생각하진 말자. 확신할 수는 없잖아. 하지만 이렇게 가까이에 있으면— 아니, 가까운 정도가 아니지!'

말 그대로 뱃속에 있는 것 아닌가!

국가전이 끝나는 시점에서 한 번 마주쳤을 때부터 느낌이 좋지 않았다.

음흉함을 충분히 숨길 수 있을 음탕한 애교, 그 몸동작 속에 감춰진 것은 무엇이었던가.

이하의 머릿속에 어떤 시나리오가 번개처럼 스쳤다.

'내 도시에서 날 살피고 있었다는 건가? 당장 조사를— 아니, 아냐, 아냐.'

벌떡 일어나 뛰쳐나가려던 이하는 다시 생각을 정리했다.

치요가 시티 가즈아에서 활동할 여건이 충분하다는 것은

알았다.

그래서?

쫓아가서 '네년이 날 염탐했지? 네가 마왕군 앞잡이 소속으로 파우스트에게 정보를 팔아넘겼지?'라고 물을 것인가?

'말도 안 되는 소리다. 그런다 한들 아무런 증거도 없어.'

이미 이하의 본능은 꿈틀거리고 있었다. 동시에 파우스트가 궁지에 몰려서 내뱉은 말이 뇌리를 스쳤다.

−나쁜 년…….

'분명히 [년]이라고 했다. 여성 조력자. 그러면서 정보를 다루는…… NPC라고 생각한 게 실수였어.'

유저일 가능성.

아니, 현 시점에서 이하는 이미 어느 정도 결론을 내릴 수 있었다.

'주점…… 성스러운 그릴도 외관상으론 고작 '레스토랑'이다. 주점이라고 해서 정보 길드의 기능을 하지 못하리란 법은 없어. 알아볼 필요가 있겠어.'

지금 나서는 건 다 잡은 기회를 망치는 셈이 될 수도 있다.

이하는 돌격병이 아니라 저격수다. 원 샷, 원 킬을 노려야 한다. 그러기 위해서는 적의 방심을 유도하는 것이야말로 중요한 사안이다.

"페이토르 씨!"

"예, 성주님."

"여기, 치요라는 자가 어느 길드 소속이었는지 알아봐 주세요. 만약 현재 소속이 없을 경우 그동안 어떤 길드라도 가입 또는 창설 후 탈퇴한 경력이 있는지도."

"알겠습니다. 성주님께서는–"

"나는 잠시 나갔다 올게요."

페이토르는 아무런 토도 달지 않았고 아무런 의문도 갖지 않았다.

'위엄' 버프가 적용되는 이하의 앞에서 거짓말을 하거나 속일 수 있는 NPC는 없으리라.

"좋아, 그렇다 이거지…… 이번에야말로 그 가면을 까뒤집어서 [반상] 앞에 앉혀 주마."

[뀨!]

"갑시다, 블라우그룬 씨."

[뀨뀨!]

이하는 어깨에 블라우그룬을 얹고 집무실을 나섰다. 그가 향하는 곳은 당연히 한군데.

"우리 쪽 정보도 결코 만만치 않으니까."

성스러운 그릴 시티 가즈아 지점이었다.

"치요……. 대륙에서 가장 유명한 이방인 무희죠."

쥬가 미간을 조이며 생각에 잠기자 그녀의 옆에서 블라우그룬이 비슷한 표정을 따라 지었다.

[뀨우우우⋯⋯]

깨물어 주고 싶을 정도로 귀여운 모습이었지만, 지금의 이하에겐 그 모습조차 눈에 들어오지 않았다.

"잘 생각해 봐요. 예전에 라이징─선의 뒤를 쫓을 때라든지, 예전에 그녀의 모습을 본 적은 없어요? 시노비구미를 쫓을 때."

"그런 보고를 받은 적은 없어요. 하지만─ 하이하 씨의 그 추측은 충분히 일리가 있는 것 같군요."

쥬는 고개를 끄덕이며 말을 이었다.

"그녀라면 미니스의 고위직과도 충분히 연이 닿을 거예요. 만약 국가전에 관여하려고 했다면 전장에 모습을 드러내지 않은 채 충분했겠죠."

"그죠? 그죠? 그리고 유저니까! 아니, 이방인이니까! 자신의 길드 사람들을 대륙 곳곳에 뿌려 놓으면? 제가 말했던 '대륙 전체를 잇는 정보망'도 충분히 구축이 가능하잖아요!"

"하지만 이방인들의 결속력이 그 정도로 강하진 않을 텐데요. 실제로 치요가 하이하 씨 추측대로 '반상 밖의 적'이라 할지라도, 정작 그녀가 얻는 이득도 별로 없을 것이고."

"당연히 없겠죠! 실패했으니까! 만약 교황의 중재가 없었더라면─ 저를 비롯한 퓌비엘 전군이 그녀와 지략 싸움을 하다 나자빠졌을 걸요? 실제로 행군의 평원에서 쭉 올라오던 파우스트와 크로울리 연합이 조금만 빨리 도달했어도 본군이 위험한 상황이었으니…….”

생각할수록 치요가 의심스러운 이하였다.

파우스트와 크로울리.

그 두 사람은 분명 미들 어스에서 가장 유명한 라이벌 관계라고 봐도 과언이 아니다.

‘그래. 그때도 놈들 둘이서 손을 잡았어. 중간에 그들을 이어 주는 다리가 없다면 불가능한 일이야. 그때부터 이상하다곤 생각했지만 결국 아무런 실마리도 얻을 수 없었지……. 그 다리를 이어 준 건 대체 누구였을까?’

어중이떠중이 같은 유저가 할 수 있을까?

어림도 없다.

그렇다고 그들이 동시에 퀘스트를 부여 받을 상황도 없었을 것이다.

결국은 그들을 잘 알면서, 동시에 명성과 힘이 있는 어떤 유저가 다리를 놔 줬다는 게 가장 타당하다.

“그럼 지금 이하 씨가 원하는 건-”

“치요에 관한 모든 것. 그녀가 건물을 소유하고 있다면 그것들이 어느 도시에 얼마나 있는가, 그녀의 건물, 아마도 주점이나 고급 음식점이겠죠? 그런 곳이라면 그곳에 자주 드나드는 주요 고객들은 누가 있는가, 그녀의 곁에 있는 또 다른 이방인은 누가 있는가 등등의 정보요. 그녀에 대한 모든 것을 알고 싶어요."

단순히 행정 사무로 처리할 수 있는 건 집사 NPC에게 맡겨 놓은 이하였다.

이런 일도 지시한다면 집사 NPC인 페이토르가 시티 가즈아의 인원을 사용하여 조사할 수 있을 것이다.

그러나 이하는 그런 점에서도 만전을 기했다.

치요가 그 '반상 밖의 적'이 맞다면 웬만한 NPC로는 그녀의 뒤를 잡기는커녕 도리어 풀잎만 들쑤시는 꼴이 될지도 모른다.

정말로 뱀이 튀어나올 경우를 위해서라도 만반의 준비를 갖추고 있어야만 했다.

"그녀가 진짜 반상 밖의 적이라면 결코 쉽지 않겠군요."

"그래서 마담한테 부탁하는 거예요."

"좋아요. 조사해 보겠어요. 하지만— 그걸 전부 다 알기 위해서라면 아무리 적게 잡아도 한 달 이상의 시간은 필요할 거예요. 세세한 가지까지 조사하려면 두 달 내지 세 달? 거기에 그녀가 정말 반상 밖의 적이라면……. 반년이 넘게 걸릴지도 몰라요."

쥬는 이하의 요구를 사각, 사각 종이에 적고 있었다.

"오케이. 조사 기간만큼 세율혜택 화끈하게 드리겠습니다."

그리고 그것만으로도 이하는 웃을 수 있었다.

'라이징-선의 아지트 같은 비밀 정보도 일주일, 보름 만에 다 조사했던 성스러운 그릴이다. 근데 치요 개인에 대한 뒷 조사가 그렇게 오래 걸린다고?'

물론 그녀의 레벨이나 랭킹 등, 미들 어스 내에 끼치는 영향을 고려해서 시스템 적으로 설정된 것이겠지만 바로 그 점이 이하에겐 힌트였다.

'분명히 뭔가 있다.'

[꾸꾸꾸.]

어느새 이하의 곁으로 이동한 블라우그룬이 이하의 심각한 표정을 따라 하며 고개를 끄덕였다.

"아, 기왕 세율 혜택 드리는 것 때문에 말인데, 덤으로 몇 개 좀 더 알려 주실 수 있죠?"

"덤이라니. 정보를 무슨 과일처럼 취급하시네요? 우훗, 좋아요. 말해 보세요."

쥬가 가볍게 인상을 찌푸렸지만 이하는 어깨만 으쓱하며 뻔뻔한 표정을 지어 보였다.

성스러운 그릴의 장사 수완이라면 그 수입에 대한 세금도 대단한 몫이 될 터. 그걸 감면해 주는 건 그야말로 '큰 대가'다.

'정보 두어 개 서비스로 받는 건 기본이지.'

이하는 곰곰이 생각을 가다듬고는 두 가지를 물었다.

"첫 번째는 간단한 거예요. 레벨 210이상의 몬스터를 2,500m거리에서 쏠 수 있을 만한 장소. 기왕이면 몬스터가 좀 컸으면 좋겠네요."

"흐음, 그거야– 뭐. 알았어요. 접수. 다음은?"

"두 번째는 마담도 흥미로워할 만한 거죠."

"뭔데 그렇게 뜸을 들이는 거예요?"

"신대륙 원정대원 선발에 관한 것. 선발 인원이나 선발 방법에 대해서 아는 대로 말해 주세요. 수도엔 여전히 줄 닿아 있죠?"

"킥킥. 하여튼…… 우리를 너무 잘 활용한다니까."

쥬가 빙긋 웃었다.

이하는 문득 이 NPC가 자신의 편이라 얼마나 다행인지 모르겠다는 생각이 들었다.

"까마득하긴 하다. 블라우그룬 씨는 뭐 보여요?"

[뀨우.]

블라우그룬이 고개를 저었다.

레벨 200을 초과하는 몬스터는 대부분 던전 내에 존재한다.

중저레벨 유저가 대다수인 미들 어스에서 필드 곳곳에 고레벨 몬스터가 나타난다면 난이도가 급격히 올라가기 때문이다.

만약 던전이 아니라 필드에 나타날 경우라면 지금 이하가 있는 곳처럼 그 어떤 국가의 땅도 아닌 중립지역 황무지 등에만 겨우, 그것도 아주 외딴 곳에 나타나곤 했다.

어찌 보면 당연한 배려지만 이하는 이조차도 신기하게 느껴졌다.

"허, 던전이 아니라 필드에 딱 이런 몬스터가 있다는게 참…… 웬일로 유저들을 신경 써 준대. 못 괴롭혀서 안달 난 게임사가."

이하는 바닥에 주저앉아 블랙 베스를 꺼내어 들며 구시렁거렸다.

현재 있는 곳은 언젠가 이하가 한 번 왔던 곳, 라드클리프 인근의 붉은 산맥이었다.

'근데 심하긴 심했어. 아직 라드클리프도 복구가 다 안 됐다니…… 확실히 유저 성주가 개입하지 않고 NPC에게만 맡겨 두면 정말 현실적인 시간의 흐름을 좇나 보군.'

키메라와 푸른 수염에게 최초로 습격당한 미니스의 마을은 다시금 NPC들이 이주를 하며 회복을 시작한 참이었다.

시티 가즈아에 비한다면 건물이나 성벽 등, 마을의 원형이 그대로 남아 있는 곳이었는데도 아직 복구가 제대로 되지 않았다.

람화연이 틀을 잡고 이하가 쌓아 올리는 시티 가즈아가 벌써 거의 다 복구된 것에 비하면 엄청난 차이다.

'하긴 시티 가즈아도 람화연이 없었더라면 여기와 큰 차이

없었겠지. 휴우, 생각만 해도 아찔하다.'

그 라드클리프를 지나, 미니스의 국경을 넘고 붉은 산맥을 등반하기를 벌써 몇 시간이나 되었을까.

이하와 블라우그룬은 마침내 저 멀리 하늘을 수놓는 작은 점점들을 발견했다.

"기왕이면 대형종으로 알려 달라니까는⋯⋯."

이하는 블랙 베스의 스코프 캡을 열고 '다른 봉우리' 위에 흩뿌려진 까만 점점들을 살폈다.

붉은 산맥의 어느 봉우리 정상 하늘에서 맴돌고 있는 녀석들은 비행 몬스터 '하피'.

여성의 상체에 독수리의 날개와 하체를 지닌 몬스터들이었다.

'단체 생활을 하는데다 레벨 또한 만만치 않다. 경험치도 많이 주고 부속템도 좋지만 상대하기는 까다롭다고 했지.'

근접 딜러들의 경우는 공격 자체가 불가능하다.

하피가 쇄도하는 타이밍을 맞춰 반격까지 해야 한다는 건데 그게 여간 쉬운 일이 아니니까.

그렇다고 원거리 딜러나 마법사로만 구성을 하자니 탱킹이 안 된다.

녀석들은 빠른 비행을 통해 쇄도하는 발톱 공격 한 방으로, 원딜러들의 머리와 몸통을 분리시켜 버릴 파괴력을 가지고 있다.

따라서 조합이 잘 된 5인 풀파티가 아니면 엄두도 내지 않는 게 바로 하피 사냥, 그런 자리를 이하는 혼자서, 정확히는 블라우그룬과 둘이서 털레털레 온 것이다.

"근데 가만 보면 미들 어스도 19금 게임 같아. 안 그래요, 블라우그룬 씨?"

[뀨?]

"그래도— 저기 뭐냐, 하피는 상체가 여성인데. 그……응? 가운데, 저기라도 좀 더 확실히 가려야 하는 거 아닌가. 무슨 깃털 같은 걸로 저렇게…… 저 부분만…… 딱, 가려 놓고 그런데."

[뀨! 뀨우우, 뀨뀨, 뀨우웃?]

〈그런 것에 신경 쓰는 당신이 이상한 거 아닌가요?〉

이하는 *뀨뀨*, 거리는 블라우그룬의 얼굴에서 불현듯 어딜 트급일 때의 블라우그룬 목소리가 들린 것 같았다.

"크흠! 아직 인간 말도 못하면서 괜히 막 혼내는 척 하지 말아요. 그리고 저도 여기서 보니까 그렇게 보인다는 거지, 실제로는 어떤지 모른다고요."

이하는 괜스레 민망해져 스태빌라이저에 연결된 블랙 베스를 들어 올리곤 서서 쏴 자세를 취했다.

일반 하피들의 레벨은 낮게는 170 높게는 185. 필드 보스가 나오면 그 레벨은 210을 넘길 거라는 게 쥬의 정보였다.

'쿠즈구낙'쉬 때 한 번 겪어 보긴 했지만 진짜 말도 안 되

는 거리라니까.'

스코프라고 해서 코앞에서 보이게끔 만들어 주는 건 아니다.

최대 30배율의 기능으로 2,500m 거리를 보면 맨눈으로 보는 약 83m의 거리를 보는 것과 비슷하게 보인다.

눈이 나쁜 사람은 얼굴을 알아보기도 힘들어 하는 거리다.

"하물며 2,500m라니. 블라우그룬 씨, 그거 알아요? 북악산 정상에서 인왕산 정상까지 직선거리로 1.7km인 거? 사실이 정도 거리를 저격하는 건 정말 미친 짓이라고요."

순간 이하의 스코프 안에 유독 거대한 하피 한 마리가 잡혔다.

등장하자마자 곡예비행처럼 공중으로 치솟고, 회전하며 내리꽂는 패턴을 보여 주는 녀석.

'떴다……. 하피 필드 보스 〈아엘로〉.'

등장하며 경고하는 알림창이 뜨지 않은 이유는, 둘의 거리가 그만큼 멀었기 때문이다.

이하는 천천히 호흡을 가다듬었다.

"관절 고착 : 하부."

키이이잉───

이하는 허벅지와 오금, 발목 등에서 자라나는 마나의 뿌리들을 느꼈다.

대지와 연결되며 자신을 단단하게 지탱해 주는 이 기분.

'이로써 최대 사거리는 2,600m. 하피 보스 아엘로와 나의 거리는 대략⋯⋯ 2,630⋯⋯ 아니, 2,640m.'

약 2.6km 거리의 저격.

게다가 한쪽 봉우리 꼭대기에 선 이하가 건너편 봉우리 꼭대기에 있는 하피를 쏴야 하는 상황이다.

'바람도 상당히 강하고⋯⋯. 이 봉우리만 해도 11m/s은 된다. 궤도에 영향을 끼칠 거야. 수목樹木의 상태로 보자면 건너편 봉우리와 풍향, 풍속이 이곳과 유사하다. 그나마 다행인 건가? 쳇, 클릭 조정.'

티긱─ 티긱─ 티기긱─

이하의 손길이 조심스레 움직였다.

혹여 수평, 수직 조정 중에라도 총신을 강하게 건드리지 않기 위해서.

'클릭 조정 완료.'

휘이이이이잉, 또 다른 바람이 이하의 앞머리를 넘기며 지나갔다.

불행 중 다행이라면 블랙 베스는 원 샷, 원 킬의 퀘스트가 아니라는 것.

일격에 죽이기만 하면 되니, 아예 빗나가는 건 상관이 없다. 스치는 게 오히려 최악의 사격이 되리라.

이하는 바람의 속도와 방향을 느끼고 탄환의 궤적을 계산하는 와중에도 스코프 너머의 적을 놓치지 않았다.

30배로 확대되었기 때문에 아주 작은 움직임에도 시선의 변동이 커진다.

날쌘 비행과 곡예 같은 움직임의 녀석을 자칫 잘못 쫓다가는 아예 놓쳐 버리는 경우도 생길 수 있다.

'이럴 때일수록 차분하게 하는 거야. 자신감을 갉아먹는 이 중압감이야말로 저격의 최대 적.'

이하는 얼마 전 람화연에게 했던 말을 떠올렸다. 이런 상황에서 어떻게 해야 하는가.

'허리에 힘을 빼고…… 천천히…… '스나이프'.'

딱딱하게 굳어 버린 하체에 이어 이하의 팔꿈치와 어깨, 그리고 블랙 베스 또한 단단함이 가세되었다.

현재 최대 사거리 - 무려 3,640m.

사거리는 그냥 늘어나는 게 아니다.

그저 탄환에 실리는 힘을 키워 더욱 멀리 보낸다는 의미.

스나이프 없이도 닿을 거리였지만 이하가 스킬을 쓴 이유는 하나였다.

'궤적의 흔들림을 없애기 위하여.'

강한 탄은 바람의 영향을 적게 받으니까.

이하의 검지가 아주 천천히 움직였다. 잠깐이었지만 녀석의 움직임 패턴은 이미 기억해 두었다. 확실한 순간은 언제인가.

————후우우————

'한 번 다시 솟구쳤다가ー 그렇지…… 내려와…… 바로 거기야. 거기서부터 다시 5초지?'

──하아아아아아───

'알고 있어.'

딸칵.

날개를 퍼덕이는 하피들의 필드 보스, 아엘로를 향한 총구에서 소리보다 빠른 탄알이 토해졌다.

초속 10m의 바람도, 2,500m의 거리도 전부 이하의 계산 안.

다음 움직임까지 5초의 간격을 둔 아엘로가 3.16초 만에 날아가는 이하의 탄을 피할 수 있을 리 없었다.

견착을 떼지 않은 이하의 얼굴에 옅은 미소가 걸린 것도 그 정도의 시간이 지난 후였다.

[블랙 베스의 봉인-4 퀘스트를 완료하였습니다.]

[스킬-다탄두탄을 배웠습니다.]

[블랙 베스의 봉인-5 퀘스트가 생성되었습니다.]

[뀨웃-! 뀨우우웃-!]

"킥, 그래도 파트너의 실력이 나쁘진 않죠?"

이하가 겸손 반, 장난 반의 말투로 블라우그룬을 향해 어깨를 으쓱였다.

청록색의 브론즈 드래곤은 날개를 푸닥거리며 이하의 머리 위에 앉아 몸을 들썩이고 있었다.

2,500m 이상의 거리에서 한 번의 발포로 명중.

대다수의 사람들에겐 영점조차 잡을 수 없는 거리다. 열 발, 스무 발을 쏴도 탄착군을 형성시키기도 힘들리라.

"퀘스트야 어차피 20레벨, 500m 단위 증가일 것이고! '다 탄~두탄~'은 뭐지? 무슨 아프리카 음악 같네."

이하는 알림창을 보며 피식 웃었다.

퀘스트 성공의 기쁨과 새로운 스킬 습득의 즐거움은 있었지만 얼굴이 마냥 밝지만은 않았다.

[ㅠ?]

"왜 그러냐고요? 아쉬우니까 그렇죠. 남들은 구경조차 힘든 하피 필드 보스를, 정확한 리젠 타이밍까지 정보 길드에서 알아 와 가지곤, 이렇게 안전한 거리에서 한 방에 빠아아악! 잡았는데…… 정작 루팅을 못하잖아요."

이하는 다시 블랙 베스를 들어 스코프로 건너편 봉우리를 살폈다. 이미 바닥에 떨어져 잿빛으로 변한 아엘로의 사체가 눈에 들어왔다.

'직선거리나 2.5km지, 저기까지 가려면 이 봉우리를 내려가고, 협곡을 지나서, 저 봉우리를 다시 올라야 하는데…… 무엇보다 관절 고착 : 하부 스킬이 해제되려면 시간도 20분

이나 더 필요하고. 하아, 정말 돈 벌기 어렵다.'

루팅이 개시되지 않았으므로 사체가 당장 사라지진 않겠지만, 그렇다고 그 시간까지 기다려 주진 않을 것이다.

"수정구로 저장된 공간도 아니고, 그렇다고 원하는 곳에 떨어질 때까지 블링크를 수십 번 쓸 수 있는 것도 아니고. 혜인 씨라면 이런 거 한 방에 갈 수 있으려나?"

[뀨뀨! 뀨우웃!]

이하가 아쉬움의 혼잣말을 중얼대자 블라우그룬이 허겁지겁 이하를 향해 무어라 말을 했다.

"어차피 그렇게 말해도 못 알아듣는 거 알면서. 아, 블라우그룬 씨 마법 몇 개 쓸 수 있지 않아요? 저번에 해독이랑 힐 썼던 것처럼, 혹시 공간이동 마법 있으면 좋을 텐데."

[뀨뀨? 뀨뀨뀨?]

이하는 블라우그룬의 표정을 조금 더 자세히 봤어야 했다.

지금 브론즈 드래곤이 하는 말의 뜻이 무엇인지, 조금 더 이해하려고 노력했어야 했다.

〈정말로? 그걸 원합니까?〉

그런 줄도 모르고 이하는 열심히 떠들어 댔다.

블라우그룬의 몸으로 조금씩 청록색의 마나가 모여들고 있었다.

"그럼 블라우그룬 씨가 나를 저쪽으로 빡! 이동시켜 주고, 재빨리 루팅한 다음에―"

[뀨, 뀨뀨.]

이하의 말을 끊으며 블라우그룬이 빙긋 미소 지었다.

〈좋아요, 보내 드리죠.〉

스킬 창도, 퀘스트 창도 제대로 확인하지 못한 이하의 육신이 사라진 것은 그때였다.

슉―

"어?"

다시 나타난 곳은 2.5km 건너편의 봉우리. 이하는 약간의 어지러움을 느꼈지만 그보단 바뀌어 버린 주변 풍경과 낯선 목소리들에 당황했다.

"끼루루룻! 이, 인간이다!"

"끼룻, 끼리릿! 인간이 어디서 나타났지?"

"어? 어어?"

펄럭― 펄럭―!

인간의 언어를 쓰며 하피들이 꽥꽥거렸다.

펄럭이며 공중으로 치솟는 하피들의 크기는 아무리 작게 잡아도 2m 이상.

2.5km 너머에서 점처럼 보였던 몬스터들이지만 실제론 확실히 웬만한 유저보다 큰 몬스터였다.

"캬아아아아――― 어머니에게서 발을 떼라, 미천한 인간이여!"

"끼릿, 끼아아아아──! 건방진 인간!"

"어, 무슨─ 뭐야, 자, 잠시 만요, 하피 여러분!"

이하는 카펫처럼 자신의 발아래에 깔린 것을 보았다. 그것은 물론 하피들의 필드 보스, 아엘로의 사체였다.

"어서 비키지 못할까, 미천한 남자 같으니!"

"그, 금방 비킬게요, 비키고 싶은데, 아니, 다리가─"

관절 고착 : 하부는 20분간 스킬 해제조차 불가능하다. 이하가 옴짝달싹 않자 하피들의 표정은 더욱 표독스러워졌다.

"캬아아앗──! 이래서 남자들이란! 달콤한 거짓말만 늘어놓을 줄 알지!"

"모든 남성은 역시 적이야, 종족을 불문하고 남자는 전부 죽여야만 해!"

"맞아! 놈이 어머니를 해친 게 분명하다고! 끼릿, 끼리리릿──!"

펄럭─ 펄럭─!

하피들은 공중으로 조금 더 날아올랐다.

그 수는 무려 열넷!

가속도를 붙이며 움직일 수 없는 이하의 온 육신을 잡아뜯어 버리려 한다는 것은 당사자인 이하가 가장 잘 알고 있었다.

"아니, 그─ 내가 당신들 어머니를 해친 게 맞긴 맞는데─"

[뀨뀨? 뀨뀨뀨?]

블라우그룬이 순수한 미소를 지으며 이하의 어깨에서 날개를 움직였다.

"어때요, 잘했죠? 같은 미소 짓지 말고! 다시 돌려보내 줘요! 지금 그러고 있을 상황이 아닌-"

캬아아아아━━━━!

울상 지으며 외쳐 보지만 이하의 목소리는 제대로 퍼지지 못했다.

그보다 훨씬 큰, 하피들의 포효가 공기를 가르며 날아오는 순간, 이하도 결국 선택을 할 수밖에 없었다.

"-이런 젠자아아앙, 움직이지도 못하는 상태로 어떻게 하라고! 〈소울 링크〉! 꼬마야, 전부 다 죽여 버려!"

[소울 링크 스킬이 발동되었습니다.]
[30분간 소울 메이트가 소환됩니다.]
[소울 메이트의 현재 레벨은 66입니다.]
[사용자 레벨의 100%가 가중됩니다.]
[강화된 소울 메이트의 현재 레벨은 241입니다.]

꾸워어어어어━━━━━━━━━━!

꼬마는 나타나자마자 온몸에 불을 붙이며 포효했다. 불곰의 주둥이 앞으로 붉은 마나 알갱이들이 모여들고 있었다.

꼬마의 우람한 덩치와 포효 덕에 이하를 향해 쇄도하던 하피들의 기세가 주춤했다.

공중에서 멈칫하는 그 동작을 이하는 놓치지 않았다.

블랙 베스를 다시 등으로 매며, 가방에서 재빨리 아이템 하나를 꺼내는 이하.

"블라우그룬 씨! 진짜, 다음부터 이런 장난치면 혼납니다?"

[뀨뀨! 뀨뀨뀨뀨뀨!]

〈무슨 소리! 보내 달라고 한 게 누군데!〉

블라우그룬의 볼이 뾰로통하게 되는 모습을 보며 이하는 피식, 웃고야 말았다.

물론 그것은 여유였다. 강자의 여유.

쇄도하는 하피 열넷. 레벨 175의 이하와 유사한 몬스터가 열네 마리라는 뜻이다.

일반 유저라면 한 마리조차 감당하기 힘들어야 맞겠지만······.

"나는 이 정도로 당황하지 않아! 왜냐고?! 이것보다 더 황당한 일을 너무 많이 겪어 봤거든!"

"끼리리리릿!"

"키얏, 키야아아앗, 키야아앗———!"

"제기랄, 말하고 나니 이게 좋은 건지, 나쁜 건지 모르지만-"

이하는 꺼내 든 아이템을 하늘로 치켜들곤 방아쇠를 당겼다.

"-하여튼 가자, 꼬마야!"

꾸워어어어어어———!

블라우그룬의 잔여 드래곤 하트로 만든 화염 방사기가 다시금 불을 뿜고, 그 기다란 불줄기의 옆에서 꼬마의 거친 화염구가 허공을 갈랐다.

"끼리리리릿—————!"

"캬아아앗-! 피해, 피해라! 저건 위험해!"

발톱을 세우고 고속 낙하하던 하피들이 허겁지겁 날개를 흔들어 댔다.

적어도 몬스터의 본능만큼은 정확했다.

화염 방사기의 초당 데미지 3,000. 그 사거리는 무려 70m.

꼬마의 화염구 단일 데미지 18,000. 폭발로 인한 범위 데미지 10,000.

이것은 고작 레벨 170~180 수준의 비행 몬스터 따위가 감당할 수 있는 수준이 아니었다.

"그러나 늦었어!"

콰아아아아아앙————!

가속도가 붙은 자신의 육체를 즉각 되돌릴 순 없는 법!

불과 한 번의 공격 턴을 사용해서 이하&꼬마가 잡은 하피의 수는 아홉이었다. 이하의 경험치가 급격히 상승했다.

Geschoss 3

　이하가 성스러운 그릴에서 나와, 붉은 산맥의 허공을 붉게 물들이고 있을 그 무렵, 미니스 북방의 국경 부근에서 한 쌍의 남녀가 주변을 살피고 있었다.

　"여기가 맞나요?"

　"맞습니다. 오카상."

　평지가 대다수 지형인 미니스에 맞지 않은 빽빽한 숲 지대에 있는 것은 치요와 사스케였다.

　"흐으음, 떠돌이들이라더니 순 이상한 곳만 다닌다니까. 그래도 이름값 하려면 큰 도시 위주로 다녀야 하지 않으려나."

　사박, 사박, 나뭇잎을 밟으며 조금 더 걷던 그들의 앞으로 갑자기 무언가가 하늘에서 뚝, 떨어졌다.

　"쨔쟈쟌! 놀랐지?!"

"……당신이 있다는 건 아까부터 알고 있었어요."

발목에 밧줄을 묶은 채 키가 큰 나무에서 번지점프를 하며 떨어진 것.

치요의 반응이 시원치 않자 광대 분장을 한 유저의 표정이 어두워졌다.

"으잉, 뭐야? 재미없어, 재미없어! 재미없는 사람은 죽어야−"

"멈추십시오."

광대 유저가 주머니에서 단도를 꺼내려는 순간, 치요의 곁에 있던 사스케가 이미 그의 뒤로 돌아가 등에 수리검을 대고 있었다.

"우리는 미드나잇 서커스의 부단장을 뵈러 왔을 뿐이오. 분명 미리 전갈을 넣었을 텐데."

"우히힛! 아무나 관객으로 받을 순 없지! 우리는 꿈과 희망을 파는 광대들! 저렴한 티켓 값 100골드로 여러분을 모시겠습니다!"

100골드라면 한화 약 1천만 원 상당. 물론 치요에겐 얼마 되지 않는 금액이었으나 그녀의 표정은 어두웠다.

"실없는 농담은 그만둬요. 기분 나빠지기 전에. 시노비구미의 치요가 볼일이 있어 왔다고 전해 주겠어요? 당장."

흠칫. 치요라는 이름이 나오자 거꾸로 매달린 채 낄낄대던 광대의 표정이 굳었다.

"으잉? 치요라면-"

"부히힛, 맞아. 맞아, 그 여자가 치요야."

저벅, 저벅, 저벅. 또 다른 목소리가 소란을 일축시켰다. 공중에 매달려 있던 광대는 그의 정체를 확인하곤 고함을 질렀다.

"-부단장!"

"쯔쯔, 그 정도 가지고 놀래려 하다니! 차라리 네놈을 사자 대신 부려 먹는 게 더 재밌겠어, 썩 꺼져!"

"우힛, 예, 옙!"

거꾸로 매달렸던 광대는 줄을 잡고 후다닥 올라가 시야에서 사라졌다.

어둠을 가르며 다가오는 광대의 모습을 보고서야 치요와 사스케는 미소 지었다.

"오랜만이에요? 어쩜 이렇게까지 연락도 안 받고 피할 수 있어요?"

"우캬하하악- 퉤! 내가 왜 당신 연락을 받아야 하지?"

치요가 그 작고 하얀 손을 들어 살랑살랑 인사를 건넸으나, 삐뜨르는 웃으며 가래침을 뱉는 시늉을 할 뿐이었다.

"왜 또 그렇게 까칠하게 구실까 몰라. 좋은 일 있으면 연락 준다고 했잖아요."

"좋은 일? 우하핫! 좋은 일? 내가 떠돌이 서커스 단 소속이라고 우습게 아나보지? 마왕군과 관련된 일이 어떻게 되었는지는 충~ 분~ 히~ 알고 있다고! 당신이 '가입'하라고 부추겼던 그 마왕군 말이야, 으히힛! 그게 좋은 일인가? 당신 말 들었으면 내 머리통도 날아갔을 것 같은데?"

한때 치요가 파우스트 쪽으로 붙여 주려던 세력, 상대하기 까다롭다는 쪽이 바로 삐뜨르와 미드나잇 서커스였다.

끝끝내 마왕군 앞잡이가 되지 않은 채 이하가 사태를 종식시켰기 때문에 그들은 다행히도(?) 별다른 트러블 없이 지낼 수 있었다.

"크흠, 그, 러, 니, 까! 내가 다음에 좋은 일 있으면 다시 연락한다고 한 거잖아요. 어떻게 인간사 100% 좋은 일만 있을 수 있어요? 이런 일도 있고, 저런 일도 있고…… 그렇게 성장하면서 이름도 날리고 하는 거지. 안 그래요?"

"우히히힛! 헛소리는 됐고 용건만 말해!"

삐뜨르가 치요의 말을 잘라먹자 사스케의 표정이 굳었다.

굳이 두 사람이 같이 모습을 드러낸 이유는 미드나잇 서커스의 공연 텐트를 찾을 수 없었기 때문이다.

'이 기회에 마킹이나 위치 확인이라도 해 두려 했는데……'

삐뜨르 또한 뼛속까지 습성이 밴 암살자다.

자신의 아지트에는 절대로 외부인을 들이지 않는 게 당연했다.

'후, 하여튼 이 싸이코패스는 상대하기 짜증 난다니까.'

치요 또한 기분이 좋지 않았지만 별 수 없었다.

이고르, 파우스트 등 자신의 줄이 닿는 랭커는 활용할 수 없는 사건이 귀에 들어왔기 때문이다.

"신대륙 원정대를 모집하고 있다는 건 들어 봤겠죠?"

"물론."

"당신이 그곳에 좀 들어가 줘야겠어요."

"우히힛, 내가? 나는 그런 병신 같은 지원 따위 하지 않을 거야! 돈도 받지 않고 광대놀음을 하는 건—"

"그런 거 하지 않아도 돼요. 당신이 마음만 먹는다면 당신은 자동 참가 요건이 갖춰지니까."

치요가 하얀 이를 보이며 순박한 미소를 지었다. 낄낄대던 삐뜨르는, 그 큰 미소 그대로인 표정으로 물었다.

"그게 무슨 뜻이지?"

"우리가 교황청의 인원까지 포섭해 가며 힘들게 얻은 정보라고요. 들어 볼 마음이 있나요. [제2차 인마대전 암살 영웅의 후예], 삐뜨르 씨?"

치요가 묻자 삐뜨르는 고민했다.

그리고 잠시 후.

딱—!

펑, 펑, 펑—! 삐뜨르가 손가락을 튕기기 무섭게 멀리서 작은 폭죽 세 발이 터졌다.

"우후훗, 환영의 축포가 너무 비실비실한 거 아닌가요?"

"이 정도만 해도 감사하라고! 끼히힛!"

뻬뜨르 역시 랭커, 자칭 광대이자 타칭 암살의 대가.

과거 최강의 암살자였던 비예미를 짓밟고 올라선 미드나잇 서커스의 부단장이자 '제2차 인마대전 영웅의 후예', 싸이코처럼 낄낄대는 이상한 말투임에도 불구하고 마왕군 앞잡이에 참가하지 않을 정도로 판단력이 있는 사람이다.

치요가 가져온 정보의 무게를 한눈에 알아보는 것은 그에겐 당연한 능력이었다.

"끼릿, 끼리리리릿━━━━!"

"캬아아앗━━━! 캬앗━━━!"

"……너네 정말 안 내려올 거야?"

"남자! 남자는 모조리 죽여야 해!"

"캬아아아━━━ 남자는 앞 밖에 보지 못한다는 게 사실이군! 뒤를 돌아보지 않고! 앞만 보고 달리는 생명체는 모조리 죽여야만 해! 일 때문에 가족을 등한시하는 게 남자들의 특성이지!"

"하아아, 내가 뒤를 안 봐서 못 도는 게 아니라고……. 게다가 몬스터가 무슨 일에 치이는 남편을 둔 아줌마 같은 소리들을 하고 있는 거야……. 남자도 남자 나름대로의 고충이— 아니, 됐다. 내가 너네랑 무슨 얘기를 하니."

이하는 자신의 머리 뒤편에서 들려오는 하피들의 외침을 들으며 한숨을 내쉬었다.

다섯 마리 남은 하피들은 확실히 '인간의 상체'를 지닌 몬스터다운 지능이 있었다.

'젠장, 관절 고착 : 하부 스킬의 최대 단점이 이거라니까.'

이동이 불가능하다.

문제는 단순히 이동만 불가능한 게 아니다.

허리 아래쪽이 전부 굳어 버렸으니, 사실상 그 허리의 가동범위를 넘어선 각도까지 상체를 돌릴 수가 없다는 뜻이다.

등 뒤에서 꽥꽥 대는 몬스터들이 떠드는 걸 지금의 이하처럼 그냥 듣고만 있어야 한다는 의미였다.

"꾸어어어엉———!"

푸화아아악! 꼬마가 포효하며 다시 한 번 화염구를 쏘아올렸지만 하피들은 비행 몬스터, 공격에 대한 대비를 하고 있다면 저 정도는 충분히 피하고도 남는다.

"끼리리릿! 저 곰도 수컷이야! 수컷은 모조리 죽여야 해!"

"캬아앗, 캬아아앗!"

곡예비행처럼 빙글빙글 돌며 화염구를 피한 하피들이 다시 한 번 외쳤다.

"저기, 왜 그렇게 남성을 혐오하는지 잘 모르겠지만— 에이, 얘기하기 싫은데 자꾸 말하게 되네. 꼬마야! 내 등 뒤 잘

지켜 줘!"

"꾸어어엉!"

이하는 자신의 등 뒤로 드리우는 거대한 그림자를 확인하고 발밑의 사체를 살폈다.

아직까지 하피들의 필드 보스 아엘로는 남아 있었다.

"자, 무슨 아이템이 있는지 봅시다."

〈질풍의 깃털이 꽂힌 희귀한 모자〉

방어력 : 980

효과 : 민첩 +15, 버프-바람을 다스리는 자

필요조건 : 근력 90 이상, 민첩 1,500 이상

설명 : 하피들의 대모 아엘로의 어원은 '질풍'이다. 모든 바람을 다스리는 하피 대모의 깃털 앞에선 바람의 정령조차 숨을 죽인다.

추가효과 : 세트 5개 이상 구성 시 스킬-플라이 습득

"오? 모자네. 희귀급이라……. 하긴, 이것만 해도 엄청 좋은 거긴 한데."

그간 영웅급과 전설급을 너무 많이 봐 왔기 때문일까.

일반 유저들에게 있어서 사실상 최고위 템이라고 할 수 있는 희귀급을 보고도 이하는 심드렁했다.

'옵션도 그냥 그렇고. 공속 증가나 이속 증가 같은 게 없잖아? 그나마 쓸 만한 건 플라이 습득인가? 저것만 배우면 공

중에서 뿅뿅! 하고 쏴 버릴 수 있을 것 같은데…… 다섯 개나 먹어야 하네.'

필드 보스는 주기조차 불분명하게 나타난다.

지금이야 쥬를 통해 타이밍에 대한 힌트를 받았기에 수월했지만 앞으론 그렇지 않으리라.

'무엇보다 다섯 개면…… 옷도 먹어야 한다는 건데, 그럼 이 코트를 벗어야 하는 것이고. 쳇.'

드레이크에게 받은 영웅급 코트가 있는데 굳이 하피의 옷을 먹어 가면서 플라이를 배워야 할까?

이하는 그 점에 대해서도 회의적이었다.

"그냥 모자나 바꿔 쓰자. 그러고 보니, 지금 모자가ㅡ 꼬마네 보스 죽이고 먹은 거였구나."

이하는 자신의 머리 위에 얹힌 헌팅캡을 벗어 들었다.

완전히 다 헤져서 처음의 그 가죽 빛깔조차 남지 않은 모자.

필드 보스 '불곰'을 잡고 먹었던 아이템이자 이하가 최초로 루팅한 장비 아이템이었다.

'그때의 불곰과는 다른 생명체지만…… 그게 지금은 내 소울 메이트라니, 원.'

이하는 등 뒤에서 느껴지는 뜨끈한 기운을 느끼며 어쩐지 묘한 기분을 느꼈다.

"좋았어! 설명도 마음에 들고! 바람의 정령인지 뭔지 한 번 써 보자!"

브로우리스나 키드가 쓰는 중절모보다는 챙이 조금 짧고 둥근 형태.

그러나 옆에 꽂힌 한 가닥의 깃털이 포인트가 되어 훨씬 더 멋스러운 모자를 이하는 자신의 머리 위에 얹었다.

화아아아아……!

이하는 자신의 몸을 휘감는 푸른색의 마나를 보며 빙긋 웃었다.

'오케이. 그럼 버프는 과연-'

〈바람을 다스리는 자〉

설명 : 강력한 돌풍 앞에서도 아엘로가 쏘아 대는 깃털이 한 치의 어긋남이 없는 비결이다.

　효과 : 투사체投射體에 대한 풍속, 풍향 미적용

　　　　(전투 보조 시스템 미적용 시에만 효과 발동)

버프에 대한 설명 창을 열고 이하는 읽었다. 꼼꼼하게.

"어?"

그의 눈이 커지는 것은 당연한 일이었다.

"어, 어어어?"

여전히 하피들이 머리 뒤 높은 곳에서 꺅꺅거리며 소리 지르고 있었지만 지금 이하에겐 아무런 소리도 들리지 않았다.

버프가 뜻하는 바가 무엇인지 정확하게 이해했기 때문이다.

"미친, 대박!"

원거리 무기를 사용해 발사되는 모든 물체가 바람의 영향을 받지 않는다는 뜻! 물론 다른 유저에겐 매력적이긴 하지만 그다지 소용없는 버프일 것이다.

'전투 보조 시스템을 꺼야만 적용이 되니까! 고작 풍향과 풍속을 무시하려고 자신의 사정거리를 포기하는 원 딜러는 드물다!'

무기의 설명에 적힌 사거리로 자동 발사 및 명중률을 갖게 되는 전투 보조 시스템을 굳이 끈다?

그간 이하도 봐 왔지만 그런 유저는 거의 없다고 봐도 과언이 아니었다.

랭커급이나 유명 아웃사이더급 등, 자신이 현실에서 직접 다루었던 무기거나, 미들 어스 내에서 피나는 노력으로 사거리를 되찾은 유저들이 간혹 보였을 뿐.

'하지만— 하지만 나한테는— 이거 완전히……'

이하는 선 채로 블랙 베스를 들었다.

'좋았어, 좋아. 지금 바람은…… 북동, 11m/s. 이 정도면 유효 사거리 한계치 부근에서 반드시 궤적이 변한다. 아엘로를 잡았던 때처럼.'

이미 스나이프 스킬의 지속 시간은 끝났기에, 이하는 관절 고착의 사거리 증대 효과만 적용된 거리를 기준으로 목표물을 찾아보았다.

기존에 서 있던 봉우리 아래쪽에 있는 커다란 바위.

과연 저곳에 어떻게 닿을 것인가.

'원래대로라면 저 바위 우측으로 맞을 거야. 거리나 풍향 각으로 보자면 그럴 수밖에 없어! 하지만 지금은─'

철컥─!

노리쇠를 당기며 한 발을 장전, 이하는 거침없이 방아쇠를 당겨 보았다.

투콰아아아아아앙──!

"끼리리릿! 끼리릿!"

"캬앗, 캬아아!"

하피들이 화들짝 놀라 퍼덕, 퍼덕 하늘로 솟구칠 정도로 거대한 소음.

그 소음의 메아리가 끝나기도 전, 이하의 눈엔 바위 한가운데에 쩌저적── 금이 가는 모습을 발견할 수 있었다.

"……이런 걸 땡잡았다고 하던가?"

[뀨뀨! 뀨!]

블라우그룬이 축하한다고 말하듯 이하의 머리 위를 맴돌았다.

"꾸어어엉!"

꼬마 또한 뭔지 몰라도 기쁨의 울음을 내뱉었다.

"자, 그럼 이제 끝내 볼까?"

"꾸엉?"

[뀨?]

이하는 만족스런 표정으로 모자를 꾹 눌러쓰며 읊조렸다.

"관절 고착 : 하부, 스킬 해제."

필드 보스 하피를 쏘기 전 준비부터, 지금의 고착까지 약 20분.

다리에 붙은 마나의 덩쿨들이 후드득, 사라지자 이하는 발목을 휙, 휙 돌려 가며 스트레칭을 했다.

"어이, 하피들!"

"캬아아앗-! 캬앗-!"

"끼릿, 죽여 버리겠어, 죽여 버린다!"

"끙, 근데 말이야, 죽이려면 아까 가만히 있을 때 죽였어야지. 말로만 떠든다고 죽는 게 아니거든. 행동하지 않고서 결과를 얻으려 하는 게 말이나 되니?"

이하는 블랙 베스를 치켜들었다.

아엘로의 사체를 루팅하기 전, 이하가 멀뚱멀뚱 가만히만 있던 것은 아니었다.

이하는 블랙 베스 퀘스트를 완료하며 떴던 알림창을 그대로 무시할 정도로 바보가 아니다.

'진짜 놀랐지…… 이 녀석은 살아 있어, 라는 표현이 딱 맞을 정도라니까.'

[블랙 베스의 봉인-5]

설명 : "이 녀석은 살아 있어, 피 맛을 볼수록 녀석은 깨어날 거야. 자신에게 맞는 사용자가 나타나는 그날, 블랙 베스는 다시 깨어날 거야……" 전설의 드워프는 블랙 베스에 일곱 가지 봉인을 걸어 놓았다. 사용자를 선택한다는 전설의 총기는 자신을 깨워 줄 사용자를 기다리고 있다.

내용 : 3,500m 이상 거리에서 레벨 250 이상의 몬스터를 일격에 처치(0/1)

보상 : ???

평소처럼 거리 500m, 레벨 20의 증가가 아니었다.

무려 거리 1,000m와 레벨 40의 증가!

일곱 가지 봉인 중 네 개는 그저 초반부의 시험이었다고 말하는 듯, 후반부로 가며 난이도가 급증한 셈.

살아 있는 블랙 베스가 이하 자신을 테스트하기 위해 난이도를 높였다는 생각이 들 정도였다.

'하지만 진짜 놀란 건 이것뿐이 아니지. 초반부의 마지막 시험인 네 번째의 그 보상이라니!'

불행 중 다행이라면 난이도를 높인 만큼, 초반부 마지막 테스트 격인 네 번째 테스트의 보상이 화끈했다는 점이랄까.

"블라우그룬 씨, 그리고 꼬마야. 재미있는 거 보여 줄까?"

[ㅠ?]

"꾸엉?"

이하는 여전히 허공을 휘젓고 다니는 하피들을 바라보았다. 다섯 마리, 테스트하기 딱 좋은 숫자였다.

"사고 때문에 의병 전역했다지만…… 그리고 띄어쓰기가 이상했다지만 내가 이 단어를 아프리카 단어라고 생각하다니. 진짜 머리가 굳긴 굳은 거야. 그치?"

[뀨?]

"꾸엉?"

뭐라고 떠드는 거니? 라는 표정을 지으며 블라우그룬과 꼬마가 고개를 갸웃거렸다.

이하보다 두 배 이상의 덩치를 자랑하는 불곰과 그 불곰의 머리 크기밖에 되지 않는 블라우그룬.

붉은색과 청록색을 띈 두 존재는 상반된 듯 어울리는 묘한 모습이었다.

"킥. 잘 봐. 이게 바로 새로 얻은 스킬이야. 다탄~ 두탄~ 이 아니라!"

철컥―!

이하는 다시 한 번 노리쇠를 당겼다.

"캬아아앗! 남자, 남자는 다 죽여야 해!"

"남자는 벌레나 다름없어! 여자들의 세상에 남자는 필요 없다고!"

"끼릿, 끼리리릿―! 총은 어차피 한 발! 날아올라 피하면 돼!"

그리곤 하늘을 배회하는 하피 다섯 마리를 향해 총구를 겨누며 조용히 입을 열었다.

"한 발이라…… 뭐, 아쉽게 됐네. 한 발이 아니라서. 킥킥, 〈다탄두 탄〉."

탈칵!

방아쇠를 당기자마자 블랙 베스의 반동이 느껴졌다.

평소라면 이하의 눈으로도 총구에서 탄환이 빠져나가는 모습을 볼 수는 없다. 속도가 가장 빠른 시점이 바로 총구를 벗어날 때니까.

그러나 지금은?

투콰아— 콰콰콰콰콰—————!

"끼릿?!"

"캬앗! 무, 무슨—"

하피들이 잠깐 날갯짓을 까먹을 정도의 효과였다.

블랙 베스의 총구에서 빠져나오기 무섭게, 음속의 세 배 가까운 속도를 지닌 총탄이 '분해'되었다.

"푸하하핫! 다탄두多彈頭라고, 다탄두! 다탄두— 탄!"

블랙 베스가 지닌 기운으로 나뉜 탄두는 동시에 갈라지며 화망을 만들어 냈다.

몇 사람이 같은 방향을 쏴야만 만들 수 있는 효과를, 겨우

한 사람이, 한 발의 총알과, 한 번의 장전으로 만들어 낼 수 있게 된 셈!

〈다탄두탄〉

설명 : 강의 폭군 베스조차 상대하기 꺼려 하는 것이 바로 작은 악동 피라니아들. 개별적인 능력은 약하지만 떼로 모인 녀석들의 아가리에서 도망 갈 수 있는 먹이는 없다.

효과 : 다탄두 공격 (민첩 스탯에 비례한 현재 탄두 수 : 27발)

　　　　　(개별 탄두 공격력 및 사거리 각 30% 저하)

마나 : 600

쿨타임 : 1분

"바이바이! 다음 세상엔 당신들을 사랑해 줄 남성 하피와 만나길 바랄게! 아니, 근데 하피도 남성체가 있나? 하긴 하피라고 무성생식을 할 수 있는 건 아닐 테니까……."

콰콰콰콰콰콰콱…………!

이하가 미들 어스 설정으로 만들어진 몬스터들을 향해 헛소리를 할 때, 총 민첩 2,734의 효과를 받아 27개로 갈라진 마나의 총탄이 하피 다섯 기를 동시에 찢어발겼다.

스킬 이펙트로 공격력이 30% 저하되고, 이하와 유사한 레벨이므로 '두려움을 모르는' 호칭의 적용을 못 받지만 그래도 한 발, 한 발의 공격력은 무려 20,209.

한 발만 맞아도 하피들은 버틸 수 없다.

하물며 그런 탄두가 무려 스물일곱 개가 화망을 펼친 것이니, 하피 다섯 마리가 아무리 용을 써도 피할 수 없는 게 당연했다.

"꾸, 꾸어엉……."

[뀨우우우……]

그것은 소울 메이트 꼬마와 파트너 블라우그룬조차 당황하게 할 정도의 위력이었다.

"이 정도면 신대륙 갈 만하겠지? 아! 혹시 쟤네들한테 또 좋은 템 안 나오려나?"

하피 열네 마리와 필드 보스 아엘로까지 포함한 열다섯 기의 몬스터 무리를, 이하는 혼자 힘으로 몽땅 잡아 버렸다.

그의 경험치가 벌써 40%를 넘어가고 있는 건 어찌 보면 당연한 일이었다.

"깃털이 있기는 한데 특수 효과도 없는 잡깃털이고…… 역시 필드 보스급이 아니면 안 나오나 보다. 웩, 다리 고기 부분도 루팅할 수 있네?"

상반신은 인간 여성의 그것이지만 하반신과 날개까지는 영락없는 독수리.

닭다리 비슷하게 생긴 그 고기를 루팅할 수 있는 것은 당연했다.

[뀨! 뀨우우읍, 챱, 챱.]

"으으, 챱, 챱, 이라니. 블라우그룬 씨……."

고기 얘기를 꺼내자 입맛을 다시는 해츨링을 보며 이하는 고개를 저었다. 그러나 파트너가 원한다면 해 주는 게 인지상정!

"좋았어, 그럼 희귀한 포션을 걸쭉하게 만든 이 소스를 묻혀서 가볍게 [하피 다리 구이] 콜?"

[뀨! 뀨!]

파닥, 파닥, 파닥!

블라우그룬이 기쁜 듯 이하의 머리 위를 맴돌았다.

'해츨링 급속 성장용 피딩에서 제일 중요한 게 희귀급 이상의 포션이다. 이걸 매일같이, 하루에 몇 번씩 식재료 아이템 삼아 요리를 만들어 먹이라니. 돈 없는 사람은 해츨링 키우지도 못할 거야.'

그나마 희귀급 포션 중 가장 저렴한 게 HP 포션이다.

물론 상태 이상이나 MP 포션의 경우는 단위가 바뀔 정도로 비싸니 저렴하다는 말이 나오는 것일 뿐이다.

일반 유저들에겐 희귀급 HP 포션조차 그냥 보기 좋으라고 만들어 놓은 게 아닐까, 생각할 정도로 고급 아이템이었으니……

'마왕군 토벌단 퀘스트가 아니었으면 진짜 등골 휘었겠다. 휴우.'

HP 포션은 모두 신전에서 만들고, 대륙 안에 있는 모든 신전은 주신 아흘로의 신전, 즉, 교황청 산하 기관이나 다름없다.

따라서 교황청으로부터 하루 일정 개수의 포션을 무료로 공급받을 권한을 받은 이하는, 가까운 신전 어디서든 희귀급 포션 몇 개씩을 매일같이 얻을 수 있는 셈.

토벌단에 참가했던 알렉산더 등 다른 유저들은 포션 자체를 잘 쓰지 않았기에 그 권한을 사용하지 않고 있었지만 이하는 악착같이 챙겼다.

'나쁜 미들 어스. 늬들 생각이야 안 봐도 뻔하지. 근접 직업군이 없었으니 대충 그런 걸로 생색이나 내려 한 거였겠지만, 난 달라. 완전 뽕을 뽑아 먹을 거거든.'

이하는 그 보상마저도 미들 어스의 시스템, 또는 운영자가 자신을 골탕 먹이기 위해(?) 만들었다고 생각할 정도였으니, 그가 이 게임에서 얼마나 당하고 살았는지 잘 알 수 있는 부분이다.

그런 미들 어스를 향해 열심히 투덜대면서도 이하의 손은 쉬지 않았다.

고기를 잘라 내고, 기다란 나뭇가지에 꼬챙이처럼 꼽아 파이어 스타터로 간단한 모닥불을 피워 굽는다!

모든 면이 적절히 익도록 꼬치를 살살 돌려주면서도 희귀급 HP 포션을 졸여 만든 특제 소스는 계속해서 발라 주는 것도 필수!

마침내 노릇하게 구워진 하피 다리살 구이에서 향긋한 냄새가 피어오르자, 이하는 그 꼬치를 들어 내밀었다.

"자, 다 됐다! 블라우그룬-"

[ㄲ-]

블라우그룬이 기분 좋게 이하에게 날아가려고 할 때, 그보다 먼저 움직인 또 다른 생물이 있었으니…….

꾸워어어어어어어————!

퍼벅, 퍼벅, 퍼벅! 와구!

"-어, 어어?!"

이하가 앗, 할 새도 없이 꼬마가 달려와 꼬챙이 용도로 썼던 나뭇가지까지 모조리 삼키고야 말았다.

"……꼬마야?"

"꾸엉!"

"저기, 꾸엉- 이 아니라……. 너……."

이하는 황당한 표정으로 꼬마를 바라보았다.

꼬마는 아직 소울 링크의 스킬 지속 시간 30분이 지나지 않아 사라지지 않은 상태였다.

'그렇다곤 해도…… 얘도 피딩이 되는 거였어?' 아니, 어쨌든 생명체는 먹어야 성장한다고 생각하면 당연한 거긴 한데─'

몰랐다. 생각조차 하지 않았다.

해츨링의 경우는 아무런 알림창도, 안내도 없었기에 정보 길드를 통해 성장 방법을 찾았지만 소울 메이트는 어떤가.

사용자의 레벨이 소울 메이트의 성장에 적용된다는 것을 안 이후에는 별 신경을 쓰지 않았던 게 사실이다.

"꾸엉─! 꾸엉─!"

꼬마는 배실배실 웃는 얼굴로 이하의 볼을 핥았다.

이하는 오랜만에 겪는 꼬마의 살가운 애정표현에 반가우면서 또 당황스러웠다.

'맞아, 맨날 싸울 때만 불러서 부려 먹고. 등급 업 시킨다고 노가다처럼 불러 대던 거 빼면 얘랑 참 안 놀아 줬구나.'

어떤 의미론 미들 어스 내 생명체 중 가장 먼저 정을 붙인 존재 아니던가.

알렉산더와 베일리푸스, 그 이상으로 이하는 꼬마와 친했던 것, '소울 메이트'라는 별칭이 붙을 정도였건만.

"미안하다, 꼬마야. 내가 너무 무신경했다."

"꾸어어엉!"

이하는 오랜만에 감상적인 마음에 젖어 들려 했다.

블라우그룬이 볼을 부풀린 채 꼬마에게 날아가지만 않았

어도 말이다.

[뀨뀨! 뀨!]

"꾸어, 꾸우우웅!"

블라우그룬은 손으로 꼬마의 입을 벌리며 자신의 머리를 밀어 넣었다.

"우악?! 브, 블라우그룬 씨? 뭐하는 거예요? 꼬마야, 입! 입 닫으면 안 돼!"

[뀨우, 뀨우우우우!]

"꾸워, 꾸우붑− 꾸웁!"

마치 꼬마가 삼켜 버린 음식을 다시 빼내겠다는 그 행동에, 덩치가 산만 한 불곰도 당황할 수밖에 없었다.

그렇다고 자신의 머리 크기밖에 되지 않는 드래곤을 후려칠 수도 없는 노릇이고.

"꾸워!"

[뀨!]

블라우그룬은 결국 포기한 듯, 꼬마의 입에서 머리를 빼곤 불곰의 이마를 꼬리로 콩−! 때렸다.

쿠즈구낙'쉬나 베일리푸스의 꼬리 공격에 비하면 파리나 잡을 수 있을까, 싶은 공격이므로 꼬마에겐 아무런 데미지도 없겠지만 기분이 좋을 린 없었다.

"꾸워엉! 꾸, 꾸워어어엉!"

꼬마는 이하를 가리키고, 자신을 가리키고, 마지막으로 블라우그룬을 가리켰다.

〈하이하가 주인. 그다음은 나. 우리는 소울메이트! 너는 꼴찌!〉

그것은 말하자면 '서열 정리'였다.

[뀨뀨, 뀨뀨뀨!]

블라우그룬이라고 가만히 있지 않았다.

이하와 그 자신을 번갈아 가며 여러 번 지목하고, 그다음으로 꼬마를 향해 그 작은 팔을 팟-! 하고 뻗었다.

〈하이하랑 저는 파트너입니다! 당신은 그냥 펫!〉

그리고 그 모습을 이하는 황당한 표정으로 바라보고 있었다.

"오랜만에 싸울 상대방 없이 소환하니까 이런 결과가 나오는구나……."

꼬마와 블라우그룬 모두 흥, 칫, 뿡! 하면서 고개를 홱, 돌려 버리는 모습에는 웃어야 할지, 울어야 할지.

'둘이서 치고받고 싸우지 않아 다행이라고 해야 하는 건가?'

화염구를 토해 낸다든가 블라우그룬이 전격계 브레스라도 뿜으면 어쩌나 싶은 마음을 다잡으며, 이하는 다시 다른 하피의 다리 고기를 쓱싹쓱싹 잘라 내었다.

싸움을 말리기 위한 최선의 방법이 무엇인가.

"에잇! 싸우면 둘 다 고기 안 준다? 뭐가 어찌 됐든 우린 전부 한 가족이니까 친하게들 지내요!"

[뀨, 뀨우우…….] "꾸웡!"

"자, 꼬마는 이제 소환 해제까지 3분 남았으니까 먼저 먹고! 블라우그룬 씨 몫도 남겨 줄 테니까 걱정 말고요."

"꾸웅." [뀨뀨!]

"이래서 내 몫은 언제 먹나 몰라."

이하는 고개를 저으며 열심히 '가족'들의 뒤치다꺼리를 도맡았다.

"영웅의 후예들에겐 아직 연락이 없었는가?"

"있었습니다만…… 아직까진 참여율이 높지 않습니다. 무엇보다 귀를 닫고 사는 자들이 많아 소식의 전파가 쉽지 않기에, 이대로라면 얼마나 더 모일지……."

"그들이 있어야 마왕의 조각들을 상대하기 수월하겠지만 없으면 없는 대로 어쩔 수 없네. 지금 이 시간에도 레는 기브리드와 피로트-코크리를 찾아 신대륙을 돌아다니고 있을 테니……."

교황이 큰 숨을 내뱉었다.

그 답답함은 페르낭에게도 공유되었다.

마음 같아선 오늘 당장이라도 신대륙 원정대를 정식 발족,

출항시키고 싶었으나 현실의 벽은 높았기 때문이다.

'제2차 인마대전 영웅의 후예들을 모으기엔 시간이 부족해. 이미 일정 수준 이상으로 올라 귓속말까지 다 차단하고 자신들의 레벨 업에만 치중하고 있으니…… 그렇다고 몇 주, 몇 달씩 여유를 둘 수도 없다. 단순한 레벨 외의 플러스 알파의 스킬이나 아이템이 있는 그들을 데려가는 게 좋겠지만 안 된다면- 가장 강한 자들로 꾸리는 게 역시 답인 거야.'

영웅의 후예들은 모든 직업군에 있는 게 아니다. 그리고 유저다.

그저 운이 좋아 어찌어찌 영웅의 후예가 된 자도 있을 것이고, 이미 미들 어스를 접은 자도 있으리라.

혹 남아 있다 하더라도 이하처럼 미들 어스 내에서 거의 모든 시간을 할애하는 게 아니라면, 신대륙 원정대에 강제로 참가시켜 봐야 비협조적으로 나올 가능성도 있다.

그걸 페르낭 또한 알고 있었기에 유예시간을 계속 둘 수는 없었다.

따라서 차선책으로 생각한 게 정예 대원의 선출!

페르낭이 제안하고 교황이 승인하여 각국에 공문으로 전달되었던 바로 그 안건이다.

"그렇다면 원정대원 선출 지원 현황은 괜찮은가?"

"예, 성하. 각 국 최고 수준 이방인들이 대거 참여하고 있습니다. 각 국가별로 신대륙 원정을 위한 업무 분담 합의도

거의 결과가 도출되었으니 조만간 발족시킬 수 있을 것입니다."

"어떻게 된다고 했지?"

"크라벤은 선박과 항행을, 퓌비엘은 항행과 물자 지원, 미니스의 경우는 물자와 개척기지 건설 자원, 샤즈라시안에선 개척기지 건설 인부와 중계 마나탑 건설 지원입니다."

페르낭이 각 나라 국왕들을 만나 이끌어 낸 결과였다.

그 자신도 '개척왕'이라는 칭호가 있는데다 교황의 이름까지 더해졌으니 합의안이 빠르게 도출될 수 있었던 것.

그럼에도 직접 협상을 담당했던 페르낭의 표정은 썩 만족스럽지 않았다.

'마왕의 조각 척살이라는 대의명분이 있다지만 결국 각 나라에서도 뭘 원하는지는 뻔하다. 미들 어스 초창기부터 나에게 계속 찾아와 이야기하던 것들-'

〈새로운 영토와 더 많은 자원〉

각국은 각국의 이익을 위해 행동할 뿐임을 미들 어스 초기부터 개척과 모험을 즐기며 지도를 밝힌 페르낭은 아주 잘 알고 있었다.

"좋네. 아주 좋아. 에인션트 드래곤의 조언대로……. 신대륙과 현 대륙을 연동시킬 수 있는 개척기지만 건설할 수 있다면 한결 수월해질 거야."

"맞습니다. 성하. 따라서 현재 중요한 것은 속도, 시간 절

약입니다. 최정예들과 물자를 어떻게든 신대륙에 닿게만 만들면…… 그다음은 일의 진행 속도가 빨라질 것입니다."

페르낭과 교황이 굳이 영웅의 후예들을 더 기다리지 않는 이유이기도 했다. 현재는 공간 이동도 불가능하다는 게 중론이다.

'그러나 하이하 씨가 소개시켜 준 그 사람 덕분에 힌트가 나왔다.'

NPC는 결코 먼저 길을 제시하지 않는다.

일말의 키워드라도 제시해야 그에 따른 힌트를 주며 유저들을 차츰차츰 정답으로 유도해 간다.

'혜인 씨라고 했나. 진짜 대단한 아이디어였어.'

공간과 좌표에 대한 철저한 이해가 바탕으로 된 세이지만이 낼 수 있는 아이디어.

[여명의 바다의 특정 지점에 마나 중계탑을 세우고, 신대륙 개척 기지에 또 다른 마나 중계탑을 세워 통하게 만들면 현 대륙과 신대륙 간 공간 이동이 가능한가?]

마치 통신 주파수처럼 공간 이동을 활용하는 혜인의 '키워드 제시'에 베일리푸스는 고개를 끄덕였다.

옆에서 지켜보던 페르낭과 알렉산더조차 놀랄 정도로 간단하게 답이 나와 버린 셈이다.

'당연히 그 두 장소에 마나 중계탑을 세우는 게 성공할 때의 가정이지만……. 실패하면 최초 퀘스트에 있던 설명대로 기약도 없이 다음 원정대를 기다려야만 하는, 신대륙의 표류자가 되어 버릴 거야.'

불안 요소는 많다.

그러나 해 보지 않고는 어떤 것도 확답할 수 없는 게 미들어스.

페르낭은 자신의 감을, 그리고 원정대의 힘을 믿어 보기로 했다.

─우햐, 우히히힛, 페르낭! 당신이 페르낭인가? 삐뽀, 삐뽀! 여보세요? 여보세요?

페르낭에게 낯선 귓속말이 들려온 것은 그때쯤이었다. 놀란 것은 단순히 들려온 말투 때문이 아니었다.

'허용한 사람을 제외하곤 전부 차단일 텐데?'

미들 어스의 시스템조차 뚫고 들어온 자의 정체가 궁금했기 때문이었다.

─안 들리는 척해 봐야 소용없다고! 우하하핫, 제2차 인마 대전의 영웅 후예가 필요하지 않나? 크힛, 내가 바로 미드나잇 서커스 '링마스터(단장)'의 후계, 삐뜨르올시다!

-삐뜨르! 랭킹 5위 암살자입니까?

-우하-! 들리지? 거봐, 들리지? 낄낄, 들릴 줄 알았다니까! 나도 참여하겠어! 내가 들어가면 얼마나 힘이 될지 대강 알겠지? 배 타고 슝슝 가는 것 외에도 내 힘이 필요할 때가 있을 거라고, 우힛!

암살자가 신대륙을 향한 항해에서 무엇을 할 수 있을까.

'여명의 바다에 뭐가 나오는지 알 리는 없다.'

페르낭도 그 사실을 잘 알고 있다. 따라서 삐뜨르가 하고 싶은 말이 무엇인지는 금방 파악할 수 있었다.

[배를 타고 가는 것 외에도 힘이 필요할 때.]

말하자면 미들 어스의 허점을 파고드는 방법을 잘 알고 있다는 뜻을 돌려 말한 셈이었다.

-귓속말 차단을 뚫고 연락한 걸로 증명한 셈이군요. 좋습니다, 삐뜨르 씨. 신대륙 원정대원으로 포함시키겠습니다.

페르낭은 미소 지었다. 삐뜨르의 답장은 순식간이었다.

-과연! 개척왕이야! 모험가는 달라, 용기가 대단해! 암살자를 앞에 두고 겁먹지 않는 것만으로도 말이지!

-근데 이거 어떻게 한 겁니까? 나도 예전에 몇 번쯤 시도

해 보려고 했는데 귓속말 차단을 뚫을 수 있나? 아이템이에요? 아니면 스킬? 혹시 별로 어렵지 않은 거면 저도 한 번 알려 주실 수 있나요? 이것만 진작 알았어도 영웅의 후예들한테―

―우캬캬캭! 당신도 엄청나게 시끄러운 사람이구만! 나보다 더해!

미들 어스의 허점을 파고들며 암살을 수행해 온 랭킹 5위의 암살자.

그 또한 개척왕의 수다스러움은 감당할 수 없었다.

기정이 접속한 것은 미들 어스의 시간이 하루 이상 더 지난 후였다.

그사이 붉은 산맥의 하피 존에서 캠핑을 한 이하의 레벨은 이미 오른 상태였다.

'레벨 176. 아니, 이 정도 레벨에서 충분히 빠른 속도긴 한데…….'

동레벨 유저들의 풀 파티 사냥터에서 혼자 싹쓸이를 하면서도 이하는 부족함을 느끼고 있었다.

사실 레벨 업을 위한 사냥도 아니었다. 블랙 베스의 다섯 번째 퀘스트가 상상 이상으로 어렵기 때문.

그 연습을 위한 사격을 하다 보니 본의 아니게(?) 레벨이 올라 버린 것이다.

"아으으으! 3,500m라니! 관절 고착 스킬에 스나이프까지 전부 쓴 풀 사거리 수준이잖아! 진짜 이 게임은 사람 괴롭히려고 일부러 이러나 봐. 그렇게 생각하지 않아요, 블라우그룬 씨? 풍향, 풍속 무시 아이템 먹어서 이제 좀 잘나가는 건가, 했더니만⋯⋯. 이젠 아예 거리로 죽이네."

[뀨?]

"다탄두탄도 그래. 거의 필살기급 파괴력에 쿨타임도 무지 짧길래, 이제 루거나 키드에게도 꿀리지 않을 자신이 있었는데⋯⋯ 알고 보니 마나 잡아먹는 괴물 수준이라 두 번도 제대로 못 쓰고, 에휴⋯⋯."

"캬아아아앗-! 인간 남자는 모조리-"

"에잇, 귀찮게 하지 마."

투콰아아아앙━━━━━━!

갓 생성된 하피 한 마리를 여유롭게 죽이며 이하는 한숨을 내쉬었다.

사체에서 잡템을 루팅하며 가방을 열 때, 이하의 눈에 한 아이템이 들어왔다.

'쩝, 일단 이것부터 해결해야겠다.'

-기정!

-어, 혀, 형! 아직도 하고 있었어?

-당연하지. 흐흐, 근데 뭐하느라 이렇게 늦게 왔을까? 미들 어스로 하루 이상 걸렸으니 현실에선 5시간이 넘게 지났다는 건데……?

이하는 기정 그리고 나라, 보배와 헤어지자마자 미들 어스에 접속했다.

오후에 헤어지고 즉각 접속해서 지금까지 시티 가즈아의 업무 처리와 사냥을 하고 있었다.

'근데 기정이 놈이 밤 11시가 넘도록 미들 어스에 접속을 안 하다가 이제 했다 이거지……?'

이하가 음흉한 미소를 지을 만했다.

-크흠, 뭘 하긴. 뭘 해. 아무것도 안 했어.

-보배 씨도 아직 미 접속이고…… 너는 분명히 보배 씨와 함께 갔었단 말이지. 너는 분명히 무언가를 했을 거야.

-무, 무슨 취조하는 말투를 하고 그러셔? 아무것도 안 했어. 그냥-

-그냥?

-술…… 한잔했지.

-수울~? 그럼 지금 음주 미들 어스?

－맥주 한 잔 했다, 맥주 한 잔. 술 마시려고 만난 게 아니고 그냥 이야기나 좀 더할까 해서 그랬지.

－흐흐, 무슨 얘기했냐?

－뭘 무슨 얘기를 해, 그냥, 그냥 이런저런 얘기들 했지…….

－좌~ 식이. 뭔 얘기 했는데. 빨리 말해 봐. 손은 잡았어?

귓속말을 하며 이하의 입꼬리는 자연스레 치솟았다. 남의 연애나 썸 관련 얘기를 듣는 것만큼 즐거운 게 또 있을까.

－아이, 형! 무슨 애도 아니고 손을 잡아.

－오오? 오?! 그럼? 그럼 뭐했어? 설마? 그다음? 포옹? 뽀뽀?

－포옹은 무슨 또 포옹이야. 그냥, 뭐, 그랬어. 그냥.

－뭘?! 뭘 그랬다는 건데!

기정이 얼버무리면 얼버무릴수록 이하의 궁금증은 증폭되었다.

'뭐야, 이놈! 연애 고수라고 거들먹대긴 했었다지만－ 설마, 뭔가－ 진짜－'

그 와중에도 이하의 머릿속을 스치는 생각은 다양했다.

무엇을 했을까, 하는 궁금증 못지않게 무럭무럭 자라나는 '부럽다', '나도…….' 같은 단어가 말풍선처럼 둥둥 떠다니는 느낌이었다.

　-그게 그냥- 아, 뭐라고 해야 할까. 한잔하다가 그냥-
　-그냥?
　-그냥 그랬어.
　-야이-! 뭔 탱커가 이렇게 치고 빠지기를 잘 하냐? 너 암살자 했어도 잘했겠다.

　[꿋!?]
　"아, 미안해요. 갑자기 화가 나서."
　이하가 갑자기 땅을 콱, 콱 밟자 블라우그룬이 고개를 갸웃거렸다.
　기정은 귓속말 하나로 이하를 들었다 놨다 하고 있었다.

　-큭큭, 나중에 말해 줄게. 아웅, 뭔 신대륙 원정대원 모집 때문에 길드원들이 막 물어봐서.
　-아, 맞다. 너 지원할 거지?
　-그럼! 길드의 이름을 드높이기 위해서라도 참가해야지. 형, 이거 어떻게 하는 거래?

　이하는 기정을 비롯한 별초의 간부들에게 이미 언질을 준 바 있었다. 그러나 그것은 이런 일이 있을 거라는 예고 수준이었다.

현재 쥬와 페르낭을 통해 들은 정확한 정보로 보자면 기정에게 별로 유리한 게 없었다.

'하필이면 토너먼트 방식의 1:1 대결이라니.'

밝혀지지 않은 신대륙에서 어떻게 살아남을 것인가.

페르낭은 온갖 변수 속에서도 살아남을 강함이 필요하다는 결론을 지었고, 그 강함의 측정 방식으로 토너먼트 방식을 결정한 것이다.

─가서 말해 줄게. 기다려.

─오케이. 나도 금방 갈게. 근데 형은 왜 우리 세이프 하우스가 저장되어 있는 거야?

각 길드별 최고 기밀 사항인 세이프 하우스가, 그것도 몇 개씩이나 이하의 수정구에 저장되어 있는 상황이다.

이하는 기정의 투덜거림 섞인 의문을 들으며 웃고야 말았다.

사촌지간일 뿐이지만 그들의 유대는 친형제 이상이었다.

Geschoss 4

　세이프 하우스에 모인 사람은 우선 세 명.

　기정, 태일, 비예미였다. 혜인은 로그아웃 중이고 다른 길드원들은 혼잡 방지를 위해 기정이 전달해 주기로 한 것이다.

　이하는 도착하자마자 자신이 알고 있는 정보들을 빠르게 풀었다.

　"지원자들끼리 싸움을 붙일 거라고? 그렇게 단순한 방법으로–"

　"키킷, 하지만 일리 있네요. 가장 간단하고 빠르고 쉬운 방법이기도 할 테니까."

　"으음……. 하지만 대진운의 적용도 많을 겁니다. 어쩌면 더 효과적인 방법을 찾지 못할 만큼 촉박하다는 의미이기도 하겠군요."

이하의 이야기를 들은 기정, 비예미, 태일이 각 한 마디씩 말했다.

"맞아요. 태일 님 말씀처럼 시간이 없기도 하고…… 하지만 대진운의 측면에선 그나마 다행일 거예요. 토너먼트 식으로 진행하면서 실력을 점검할 뿐이지, 꼭 우승자만 데려간다는 게 아니니까. 이게 겨우 한 명을 뽑기 위한 선출이 아니거든요."

"그럼? 몇 명이래, 형?"

"내가 입수한 정보로는 선박 두 대에 전투 인원 각 20명씩이래."

"엥? 꼴랑 40명 데려간다고? 배가 얼마나 작기에?"

이하는 기정의 물음을 들으며 고개를 저었다.

저게 통상적인 생각이리라. 그러나 이번 신대륙 원정은 전투만이 중요한 게 아니다.

"배 자체는 엄청나게 크다고 했어. 하지만 신대륙까지 가기 위한 각종 물자와 마나탑? 뭐 중간에 중계기 같은 것도 만들 물자 실어야지, 신대륙 도착해서도 마을 건설할 자재들 실어야지……. 그래서 어쩔 수 없다고 하더라고."

"음, 음, 키킷, 알겠네요. 그럼 그 40명의 최정예인원들은 마왕의 조각에 대한 즉각 수색부터 시작하게 된다는 말이죠?"

"네. 그럴 계획이래요."

"동시에 NPC들이 개척 기지를 만들 동안 보호하는 역할도 해야 하겠군요. 그들도 기본적인 전투는 하겠지만 신대륙은 무엇이 나올지 모르니⋯⋯."

이하는 비예미와 태일의 평가를 들으며 고개를 끄덕였다.

역시 별초의 간부급 인물들은 이미 미들 어스에서 닳고 닳은 사람들이라는 생각이 들었다.

'태일 님의 말은 나도 생각 못했던 거다. 마왕의 조각을 찾아 죽이는 것도 중요하지만 긴 항해 없이, 공간이동으로 즉각 오갈 수 있는 시스템 구축도 중요한 포인트⋯⋯ 지금의 원정대원들은 모두 공격적이라 저런 방어적인 태도와 생각을 하기 쉽지 않을 거야.'

저런 식으로 무게 중심을 잡아 줄 사람이 있으면 작전을 짜기가 한결 쉬우리라.

"이제 자정이 지났으니 미들 어스 시간으로 3일 후 마감입니다. 이미 웬만한 고수급들만 접수한다는 소문이 퍼져서 사람이 많진 않겠지만– 테스트 기간이 워낙 짧아 아무 하루 종일 싸우게 될지도 몰라요."

"게임 상의 능력은 물론 현실에서도 로그아웃 없이 오래 버틸 수 있느냐, 그리고 체력이 받쳐 주느냐도 테스트하겠다는 건가."

"그렇겠지. 전투 인원이 고작 40명인데 몇 명이 들락날락하면 전력 공백이 심할 테니까."

"예상 항해 기간은 알 수 없습니까, 이하 군?"

"페르낭 씨의 추측으로는 두 달 전후래요."

"두 달?! 60일이나 걸린다고?"

"그것도 어림잡은 거야. 더 걸릴지도 모르지."

미들 어스 시간 60일.

현실 시간으로 따져도 무려 12일이다. 아무리 체력이 좋은 사람이라도 항해 내내 로그아웃을 안 한다는 건 불가능하리라.

철저한 로테이션으로 전력 공백을 최소화하며 항행에 치중해야만 하는 상황이었다.

"으음, 12일이라……. 저는 아무래도 무리겠군요."

"태일 형님, 시간 안 돼요?"

"도장도 신경 써야 하니 아무래도……. 이번 원정만큼은 어지간한 하드 게이머가 아니면 불가능할 겁니다."

"키킷, 아무리 로테이션이라도 12일은 보통이 아니라고요. 저도 어떻게 될지 모르겠는데요? 쳇, 오랜만에 하이하이 님이랑 팀 짜서 움직이나 했는데."

태일은 불참 확정, 비예미도 장담할 수 없다는 뜻.

그들을 보던 기정의 표정이 굳었다.

"엥? 두 분 다 안 가시려고요? 끄응, 토너먼트니까 어차피 팀을 짜는 것도 아니긴 하겠지만– 그래도 아는 사람이 없으면 긴장되는데."

"잘 해야 합니다. 길드 마스터가 토너먼트 시작과 동시에 쓰러져 버리면 별초의 명성이 오르기는커녕—"

"키킷, 저야 어떻게 될지 조금 더 상황을 봐야겠어요. 하여튼 있던 길드원들도 전부 떠나가지 않게 잘 해요!"

"그니까요. 처음부터 랭커들이랑 붙진 않겠지? 아니, 아웃사이더들만 해도 탱커인 내가 1:1로 붙기엔 유리한 게 없는데, 히잉……."

태일과 비예미가 부담을 듬뿍 주며 자신들의 길드 마스터를 놀렸다.

"기정이 너 혼자는 아니겠지. 혜인 씨도 참가할 것 같으니까. 하여튼 인마, 나름 퓌비엘의 별초가 그렇게 쫄면 안 되지!"

"형이야 딜러니까 그렇지만, 나는 탱커라 상성을 탄단 말이야. 공격력이 부족하기 때문에—"

"짜잔! 그래서 가져왔다!"

이하는 기정을 놀리다 말고 가방에서 스윽, 아이템 하나를 꺼내어 들었다.

다른 사람은 몰라도 기정만큼은 꼭 챙겨 주고 싶은 이하였고, 때마침 그럴 기회를 한 번 얻지 않았던가.

이하의 손에 들린 것은 한손검이었다. 기정의 눈이 휘둥그레 되었다.

"오잉? 웬 검?"

"군말 말고 받아."

"나도 얼마 전에 검 바꿨는데. 이거 옵션이–"

"어허, 자식이! 엉아가 주면 그냥 감사합니다~ 하고 받을 것이지. 뭔 말이 많아? 받기 싫어?"

"에이, 누가 싫댔나. 헤헤. 고마워, 형."

싫을 리가 있을까. 기정도 쑥스러움에 한 번 튕겨 본 것이라는 걸 이하도 잘 알고 있었다.

"키킷, 하이하이 님, 너무하네. 우리 거는요?"

"크흠, 하이랜더도 양손검을 쓰기는 쓰는데……."

"두, 두 분 거는– 나중에 또 구하면 드릴게요."

비예미, 태일이 이하와 장난을 치는 사이, 기정은 이하에게 받은 검의 상세 설명을 살폈다.

"뭐, 뭐야, 이거?"

기정의 표정이 순식간에 굳었다.

이하를 향해 천천히 돌아가는 그의 고개. 태일과 비예미가 주변에서 고개를 갸웃거렸다.

"영웅급입니까?"

"뭔데요, 길마님? 키킷, 아니면 막 체력 마이너스 옵션 붙고 그런 거 아녜요? 저주 받은 검처럼? 하이하이 님도 은근히 장난꾸러기니까 가능성 있는데."

기정은 그들의 말을 들으면서도 아무런 대꾸를 할 수 없었다.

오직 이하만이 기정의 그 놀란 얼굴을 뿌듯하게 바라보

았다.

"어떠냐. 그 정도면 1:1에서도 안 꿀리겠지?"

이하도 괜스레 어색해서 틱틱대며 코밑을 스윽 문질렀다. 기정의 초롱초롱한 눈망울에선 금방이라도 눈물이 떨어질 것 같았다.

"혀어어엉━━━━━!"

"크흠, 고마우면 나중에 갚아라. 야, 야, 안기지 말고!"

기정은 이하를 얼싸안으려 했지만 이하는 낑낑대며 기정을 밀어냈다.

"좋았어! 엉아! 나 지금 접수하러 간다!"

"뭔데요? 키킷, 우리도 보여 줘요, 길마님!"

"헷, 안 돼요! 나중에 깜짝 놀래켜 드려야지. 으히히힛. 대박입니다, 대박!"

검의 상세 정보를 보여 달라는 태일과 비예미의 손길마저 뿌리치며 기정은 즉각 수정구를 가동시켰다.

토너먼트 접수 마감 이틀 전, 또 한 명의 강력한 대원 후보가 추가된 셈이었다.

'풍향 동남, 풍속 13m/s, 그러나 궤적엔 영향 없음. 거리 측정 대략 3천…… 3,400…… 3,430m 전후.'

눈을 깜빡이는 것조차 아껴야 한다.

얼굴 근육이 움찔거리는 그 작은 충격에도 목표물을 놓치기 일쑤.

2,500m에서 순식간에 1,000m 이상 늘어난 블랙 베스의 다섯 번째 퀘스트는 정말이지 쉬운 일이 아니었다.

'목표물 포착…… 패턴 확인……'

가까스로 목표물을 찾았다 하더라도 적중시키는 것과는 또 다른 이야기.

몬스터의 움직임 패턴을 몇 번이나 확인하며 측정한 후에야 이하는 방아쇠를 당길 수 있는 것이다.

'우로 다섯 걸음……. 다시 좌로 열 걸음 이동, 이동 시간 고려 약 12초 후 목표물 정지 예정……. 정지에서 이동까지 약 3초 딜레이.'

그렇게 관찰만 하기를 3분여.

그사이에도 날 선 집중과 긴장을 놓아선 안 된다.

보통의 사람이라면 스코프 안을 몇 분이나 들여다보는 것만으로도 눈이 뻐근할 지경이리라.

'7초, 6초, 후우우우……'

5초, 4초, 하아아아……

멀찍이 보이는 것은 움직이는 나무 몬스터, '저주 받은 엔트'.

이동 속도도 느리고 패턴도 매우 단순화되어 있으며 크다. 연습용으로는 딱이라는 뜻.

'3초, 2초-'

투콰아아아앙————————!

한 걸음, 다음 한 걸음을 보며 저주 받은 엔트의 이동 거리를 예측한 이하는 아직 녀석이 멈추기도 전, 예상 정지 지점을 향해 방아쇠를 당겼다.

어디다 쏘냐는 물음이 나올 법한 사격이었지만 어쩔 수 없었다.

3,430m 전후를 탄환이 날아가는 데 걸리는 시간은 무려 4.1초나 된다.

몬스터를 고정시켜 두지 않는 이상, 지금과 같은 '패턴 파악'과 '예측 샷'은 향후 퀘스트 클리어의 필수 요소가 되리라.

총알이 총구에서 빠져나가자마자 이하는 간절히 빌었다.

'맞아라, 제발, 제발, 제발……'

물론 그것은 보통 때라면 절대로 하지 않을 생각이었다.

제발, 제발 하며 빌어서 목표물에 적중할 거였다면 저격수 훈련 따위는 필요 없었을 테니까.

'맞아라, 맞아, 맞아!'

마침내 4.1초 후, 퍼어어어억……!

"뭌?!"

저주 받은 엔트는 자신의 발치에 갑자기 생긴 구멍을 보며 나뭇가지를 팔락, 팔락 흔들어 대었다.

그 모습을 스코프로 바라보던 이하는 한숨을 내쉴 수밖에 없었다.

"하아아…… 미치겠네, 진짜. 3,500m 거리에서 어떻게 저격을 성공시키라는 거야!?"

[뀨우우……]

"이틀을 거의 꼬박 연습했는데도 이 정도라니, 이게 말이나 된다고 생각해요? 미들 어스 해도 너무한다니까."

[뀨뀨뀨.]

〈힘내세요.〉

블라우그룬이 엎드려 있는 이하의 등으로 올라 앉아 어깨를 탁, 탁 쳤지만 그런다고 힘이 솟을 리 없었다.

연습하느라 갈아 낀 탄창의 수는 도대체 몇 개일까.

황동이란 황동은 싹쓸이 하다시피 하며 탄을 만들어 썼지만 아직도 이하가 만족할 성과는 나오지 않았다.

'최소 성공률 70%는 만들어 놔야 실전에서 사용할 수 있다. 지금은 30%도 안 돼.'

그나마도 10%가 채 안 되는 성공률을 겨우겨우 끌어 올린 것이었으니…….

이하는 관절 고착 스킬을 해제하고 자리에서 일어나 옷을 털었다.

"이제 슬슬 가 볼까요? 대충 시간은 맞을 것 같은데."

[뀨!]

이하는 시간을 확인하며 블랙 베스를 등에 둘러매었다. 그가 갈 곳은 이미 정해져 있었다.

신대륙 원정대원 선발 모집이 오늘 아침 마감되었고, 마감 직후부터 바로 테스트에 들어간다고 공표된 후였으니까.

이미 오후가 되어 버린 지금은 벌써 토너먼트가 꽤 진행되었으리라.

"와, 뭔 사람이……."

토너먼트가 치러지는 장소를 찾기 위해 노력할 필요도 없었다.

수도에 떨어지자마자 유저들의 대행렬이 이하의 눈에 한눈에 들어왔기 때문이다.

"플라이 스크롤 팝니다~! 세이크리드 기사단 공인 플라이 스크롤 팔아요! 멀찍이서 구경하지 마시고 공중에서 느긋하게 보십쇼~!"

"음료 팝니다! 콜라 맛 따라한 음료 팔아요!"

그리고 그런 유저들의 곁에서 한몫 잡으려는 장사꾼 유저들도 열심히 목청을 높이는 중이었다.

"여기서부터 사람이 이렇게 많으면 시험장은 아주 폭발하겠는데?"

이하는 발걸음을 옮기며 간만에 북적한 수도의 위용을 세심히 살폈다.

예전 같으면 같이 들떴겠지만 이제 그는 어엿한 '성주', 일반 유저들과는 보는 눈이 조금 달라진 상황이었다.

'과연. 도로 계획을 이런 식으로 짜는 거구나. 람화연이 했던 말도 무슨 뜻이었는지 대강 알겠어.'

백문이 불여일견.

갑작스레 유입 인구가 넘치는 경우 어떻게 조절해야 하는가?

이하는 수도의 도로 상황과 캐슬 데일, 그리고 시티 가즈아를 각기 떠올리며 이미지화시킬 수 있었다.

그렇게 아엘스톡의 내성 근처 중심부에서 행렬을 따라 이하가 도달한 곳은 외곽 성벽 인근. 중심부보다 더 많이 몰려 있는 그곳이 어디인지 이하는 알 수 있었다.

"세이크리드 기사단 본부! 그게 여기였구나. 하긴, 돌발 사태 막으려면 이게 제일 낫긴 하겠다."

빽빽 하다못해 더 이상 밀고 들어갈 자리도 없을 정도로 많이 몰린 사람들. 그리고 그 사람들의 머리 위에 둥둥 떠다니는 반짝이는 갑옷의 인간들이 있었다.

세이크리드 기사단은 지상에서, 공중에서 구경 인파들을 통제하고 있었다.

이하는 자신이 서 있는 곳에서 연무장의 위치도 보이지 않아 까치발을 하고 있었지만, 곧 그를 발견한 사람이 찾아왔다.

슈우우욱-!

공중에서 빠르게 날아오는 기사 한 명이 얼굴 가리개를 올리며 미소 지었다.

"이하 씨!"

"아, 나라 씨?! 오늘은 왕궁에 안 계셨네요?"

"오늘은 전부 지원 나왔죠. 얼른 오세요! 조금 있으면 기정 씨 2차전이에요."

"2차전? 벌써 1차전 했어요?"

"그럼요! 완전 손쉽게 통과하던데요? 저쪽에 보배도 있어요, 얼른 가요."

"어, 저는 플라이 마법을- 우와아악!"

신나라는 이하를 뒤에서 끌어안고 그냥 날아올라 버렸다.

이하로선 아찔한 경험이었다.

베일리푸스 위에 올라탄 적은 있어도 순수 플라이 마법을 겪어 본 적 없기 때문이기도 했고, 자신의 가슴을 확 끌어안아 버리는 손길 때문이기도 했다.

나라는 이하를 VIP석에 가까운 자리로 데려갔다.

이미 군것질거리를 들고 앉아 있던 보배가 이하를 보며 반갑게 인사했다.

"하이- 이하 씨!"

"안녕하세요, 보배 씨."

"어우, 동생이 토너먼트 참가하는데 이제 오는 형이 어디 있어요. 아까 기정 씨가 얼마나 찾았는데. 빨리 여기 앉으세요."

"아, 네. 나라 씨는ー"

"저는 계속 감시해야죠. 여기서 보배랑 놀고 계세요, 일 끝나고 올게요!"

나라는 커리어우먼처럼 자신만만한 말투로 다시 날아올랐다.

이하와 보배가 있는 곳은 성벽 중턱에 튀어나온 거대한 돌, 연무장이 바로 내려다보이는 수성 장비 고정석石이었다.

"이거 드세요. 포테토칩 비슷한 맛이라 완전 쩔어요."

"운동하시는 분이 이런 거 먹어도 돼요?"

"어차피 미들 어스에서야 맛만 느끼는 거지 살도 안 찌니까. 히힛."

보배는 와삭, 와삭 과자를 씹어 먹으며 웃었다.

미들 어스의 또 다른 효용 중 하나이리라.

"근데 사람들 많이 참가했나 봐요? 고수들만 올 거라던 소문이 있던데."

"맞아요. 고수들만 온 거죠. 미들 어스 사람이 몇인데요. 이하 씨 기준의 '고수'가 어느 정도인지 모르겠지만 레벨 200 이상만 해도 엄청나게 많다고요. 아웃사이더들도 그렇고."

"흐음, 흐음."

이하도 보배가 준 군것질거리를 받아 들고 와삭, 와삭 씹으며 연무장 한편을 바라보았다.

일반 구경꾼들과는 장비의 구색부터가 다른 유저들 상당
수가 모여 있었다.

"저기가 대기 존인가 보네요."

"네. 아! 저기, '이단 심판관' 저 사람도 엄청 유명한 사제
예요. 기정 씨 다음 상대죠."

"저 이상한 가면 같은 거 쓴 사람이요?"

보배가 가리킨 것은 새의 부리 모양 가면을 쓴 남성이었다.

'기정이 다음 상대라고? 사제면 공격력은 별 볼 일 없어
야…… 정상이긴 한데…….'

사제라고 말한 것과 다르게 엄청나게 큰 해머를 들고 있어
이하가 잠시 고개를 갸웃거렸다.

"저쪽에 '빡빡이 팬더' 저 인간도 엄청나요. 황룡 길드의 누
구랬는데 별명만 유명해서 실명은 모르겠고. 하여튼 체술 스
피드로만 따지면 페이우급이라던데. 힘이 좀 딸리나 봐요."

"호오……."

"음, 그리고 저쪽은 '배추 도사, 무 도사'. 도사 클래스의
형제인데 서로 쌍버프 걸고 몬스터 사냥하는 덴 도가 튼 사
람들이죠."

상당수는 이하가 그 직업과 파괴력을 추측할 수 있는 직업
들이었다.

한손검, 장창, 양손검, 이도류 등등……. 그러나 이하로서

는 지금까지 마주쳐 본 적도 없는 온갖 종류의 직업들 또한 많이 모여 있었다.

'국가전 때는 넓어서 안 보였던 건가. 아니면 신대륙 떡밥이 국가전 때보다 크다고 생각하는 건가?'

그야말로 온갖 아웃사이더에 준랭커급 인간들이 다 모여 있었다.

이런 토너먼트가 미니스의 수도, 샤즈라시안 연방의 수도, 크라벤의 수도에서도 열리고 있을 것이다.

'이미 확정된 여섯을 제외하면 남은 자리는 서른넷. 그중 영웅의 후예가 얼마나 될지 모르니 실제 토너먼트 참가자 중에 선발되는 건 그보다 더 적을 수밖에 없어.'

당연히 그 소수의 자리를 놓고 다투는 치열함은 보통이 아니었다.

"아, 나온다! 기정 씨이이이이이ㅡ!"

"위, 위험해요!"

보배는 겁도 없이 벌떡 일어서서 두 팔을 휘저었다. 환호하는 것은 보배뿐이 아니었다.

와아아아ㅡㅡㅡㅡㅡㅡㅡㅡㅡㅡㅡ!

"별초의 길마다!"

"대박! 아까 전엔 눈 깜짝할 사이에 끝났잖아!?"

"하지만 이번엔 만만치 않을걸? 상대가 '이단 심판관'이 잖아!"

꺅꺅거리는 주변의 소음에 맞춰 걸어 나오는 또 다른 남자.

거의 어린아이 몸 크기의 망치를 들고, 새 부리 가면을 쓴 남자가 기정의 곁에 섰다.

심판으로 보이는 남성이 나와 두 사람에게 룰을 다시 인지 시키는 동안, 이하도 어쩐지 두근대는 마음을 참지 못하고 소리쳤다.

"기정아, 잘해라아아아아——————!"

"기정 씨이이이, 파이티이이이잉!"

상대에게 집중하던 기정의 고개가 돌아갔다.

"꺅! 봤다, 봤어요! 내 목소리가 들렸나 봐!"

보배가 그 모습을 보며 기뻐했지만 이하는 기정이 누구의 목소리를 듣고 쳐다봤는지 알 수 있었다.

'새끼……. 잘해라.'

이하와 보배 쪽을 바라본 기정은 검을 쥔 손을 번쩍 치켜 올렸으니까.

마치 '이 검이 있는 한 지지 않아'라고 말하듯 말이다.

Ready- Fight!

그렇게 시작된 기정의 토너먼트 제2차전.

극딜형 직업이 아닌 만큼 둘은 시작과 동시에 달려들지 않 았다.

"후욱, 후욱, 후우— 템플러라면 같은 식구인데 아쉽게 되었소. 마魔를 저지하기 위해 내가 신대륙에 가야 한다는 것만 알아주쇼."

"킥, 아쉬워하지 않으셔도 돼요. 어차피 제가 가게 될 거니까."

"가상한 용기는 역시 템플러의 귀감이오. 그러나 아흘로 교단에서 그대보다 내 명성이 더 높다는 건 알고 있겠지?"

'이단 심판관'의 몸에서 온갖 종류의 빛이 번쩍였다.

사제라는 클래스에 맞게 그는 이미 스트렝스, 스트라이킹 등의 인챈트 및 버프 마법을 사용하고 있었다.

버프를 쓰는 순간만큼은 제아무리 '이단 심판관'이라도 약할 수밖에 없는 타이밍이다.

그 약점을 가리기 위해 일부러 말을 건 것이지만, 기정은 애당초 버프 도중의 그를 공격할 마음 따위는 없어 보였다.

"끄응, 미들 어스 전체로 따지면 내 명성이 당신보다 높을 텐데요. 아니, 무엇보다 이번 토너먼트는 실력으로 승부하는 거니까. 얼른 와요. 버프 없이 상대해 줄 테니."

삐딱한 자세로 선 채 손가락만 까딱, 까딱 하고 있었을 뿐이니까. 그것은 상대방을 향한 완벽한 도발이었다.

빠지직, 새 부리 가면에 가려져 표정이 보이지 않았지만 '이단 심판관'이 빈정 상했다는 건 기세만으로도 알 수 있었다.

"그 말 후회하지 마쇼."

"근데 님 총 체력이 몇이에요? 적당히 봐 가면서 때려야 안 죽을 텐데."

빠직, 빠지직.

기정은 이하의 생각보다 훨씬 더 상대를 잘 도발했다.

"궁금해 할 필요 없소! 이단 1,000명을 찌부러뜨린 공격 한 방이면 그대도 없어질 테니까!"

탓탓탓탓-!

아웃사이더 '이단 심판관'이 그 거대한 망치를 들고 기정을 향해 쇄도했다.

'빠르다! 게다가 저런 무기를 들고-'

무기는 컸지만 그의 육신은 비대하지 않았기 때문일까, 멀리서 보는 이하가 잠시 놀랄 정도의 속도였다.

"흐으으읍, 〈아흘로의 주먹〉!"

'이단심판관'은 속도를 죽이지 않고 그대로 점프, 망치를 최대한 뒤로 젖혔다.

말 그대로 모든 무게를 실은 단 한 방의 공격 스킬이라는 건 구경꾼 모두가 알 수 있었다.

"어, 어어, 기정아, 피해야지?!"

보는 이하가 가슴을 졸이는 압박감이었으나 기정은 가만 히 멈춘 그대로였다.

"기정 씨, 기- 방패! 방패 들어요!"

방패도 들지 않은 채.

콰아아아아아아앙———————————!

6~7세 아이의 신체만 한 망치가 기정의 머리에 무자비하게 내리꽂혔다.

'이단 심판관'의 모든 무게와 가속까지 붙은 망치질, 그 강력한 힘은 연무장의 모래 먼지를 사방팔방으로 흩뿌리기에 충분했다.

"어, 어떻게 된 거야?"

"헐…… 별초 길마가 한 방 컷?"

"미친…… 전투 사제 테크트리 탔다더니 저런 스킬도 있는 거구나."

"괜히 별명이 '이단 심판관'이 아냐! '심판'이 말 그대로 대가리를 부숴 버리는 '심판'이라고! 모든 일회용 버프까지 더해진 최초의 일격은 웬만한 전사 두, 세 명 수준의 공격력이 한 방에 폭발하는 건데!"

시야가 가려지자 주변의 웅성거림은 더욱 거세졌다.

"어, 어떡해. 기정 씨는– 이대로 끝난 거 아니겠죠?"

"아직 살아 있잖아요. 로그아웃 안 됐으니-"

"이거 수도에서 하는 토너먼트라고요! 당연히 안 죽게끔 세이크리드 기사단이 이미 설정을 맞춰 놨죠! 안 죽어도 보유 HP 이상의 데미지가 들어가면 자동으로 게임 셋인데!"

"그래요?"

친구 창을 켜고 기정의 위치를 확인하던 이하는 보배의 핀잔을 들으며 뻘쭘하게 머리를 긁었다.

'이건 뭐, 편 들어 주는 게 거의 여자 친구 수준이잖아……? 기정이 놈…….'

부럽다.

라는 생각이 어째서 가장 먼저 떠오르는 건지. 손을 모으고 발을 동동 구르는 보배를 보며 이하는 어쩐지 웃음이라도 날 것 같았다.

"이하 씨는 걱정 안 돼요?"

"무슨 걱정이요?"

"지금 기정 씨가-"

"킥, 저놈이 걱정된다고요?"

푸슈우우우———!

이하는 손을 뻗어 기정을 가리켰다.

모래 먼지가 이미 충분히 흩어져 드러난 모습에는 눈조차 감지 않고 바로 선 채, 머리에 망치를 댄 기정이 있었다.

"미친! 저걸 버텼어?"

"전투 사제라 근력 장난 아닐 텐데? 그 데미지를 막지도 않고 버틴다고? 풀피가 몇인데 버텨!"

"우와아아아악-! 마스터케이! 마스터케이!"

주변의 경악과 환호를 들으며 기정의 입꼬리가 비틀려 올라갔다.

보배도 입을 쩍 벌렸고, 주변을 통제하던 세이크리드 기사단조차 놀랄 정도였으니 당사자인 '이단 심판관'이야 두말할 나위도 없었다.

"어…… 어떻게…… 방어력이 아무리 높아도- 방패로 막은 게 아닌 이상 데미지가- 스턴조차 안 걸렸다니-"

"그러게 말이에요. 아, 이게 혹시 신의 뜻은 아닐까 싶은데-"

기정은 마치 한 몸인 듯, 부드럽게 검을 움직이며 그 끝이 적의 목을 향하도록 두었다.

"-어떻게 생각하세요? 계속할까요?"

기정이 온화한 웃음을 지어 보였다.

'이단 심판관'이 내리칠 때, 그의 검에서 빛이 반짝인 것을 본 자는 몇 명 없었다.

"항복…… 항복입니다."

일회성 버프들은 이미 다 해제되었다. 다시 버프를 하는 사이, 기정이 달려들면 오히려 험한 꼴만 보이며 사망 판정에 이르게 될 것을 그는 잘 알고 있었다.

기정의 머리에서 망치를 떼며 두 팔을 번쩍 올리는 '이단 심판관'을 보며 다시금 주변의 환호가 터져 나왔다.

"꺄아아악! 기정 씨가 이겼어요! 항복이라니, 저 유명한 아웃사이더를 고작 눈빛으로 제압한 셈이라고요!"

"악! HP 깎여요, 보배 씨!"

자신의 팔뚝을 팡, 팡 때리는 보배를 피하고 있을 때, 이하는 자신을 올려다보는 기정과 눈을 마주쳤다.

기정은 이하를 바라보며 자신의 검을 가리킨 후 엄지를 치켜들었다.

〈이름 없는 팔라딘의 전설이 깃든 검〉

공격력 : 2,130 ~ 2,280

구분 : 근접, 한손검

효과 : 근력 + 10, 체력 +20

      버프-수호성인 : 이름 없는 팔라딘의 의지

      매 8초마다 최대 HP의 20% 회복

필요조건 : 근력 500 이상, 체력 2,000 이상

설명 : "내가 붙잡고 있을 테니 어서 국민들을 피신시키시오." 이름 없는 팔라딘이 외쳤다.

"방패도 깨지고, 부서진 검만으로 어떻게 적을 막으려 하시나이까." 공주가 물었다.

"나는 걱정하지 않소. 내 한 몸 바친다면, 우리 주께서 나와 함께 하실 테니."

제1차 인마대전 당시 5천 마왕군의 진격을 홀로 막아 시간을 끌며 시민들을 대피시킨 그는, 사후 아흘로 교단의 수호성인으로 추대되었다.

마왕군단장과 이름 없는 팔라딘은 오랜 시간 동안 서로 공격도, 방어도 하지 않은 채 그저 마주 보고 서 있었다고 전해진다.

추가효과 : 체력 2,500 이상 시 스킬-새크리파이스 습득

이하는 유심히 살폈던 검의 상세 설명을 떠올리며 고개를 끄덕였다.

'그 검에 어떤 효과가 있었던 거겠지. 아마도 그 버프였으려나?'

단순 스탯 상승 외의 효과가 있는 건 당연했다.

미들 어스 전체 경매장에도 고작 다섯 개밖에 등록되지 않은 게 바로 '전설급' 아이템니까.

하물며 쿠즈구낙'쉬의 레어에서, 쥬브나일급 드래곤들을 부려 가며 가장 좋은 것으로만 챙겨 오게끔 했으니 전설급 중에서도 그 효과는 압도적이리라.

'거기다 그런 방어적인 옵션 주제에 공격력은 또 어떻고. 한 번 휘두르는 데 1초 남짓이나 걸릴까 말까 한 한손검 공격력이 2천이라니…….'

1분에 45번 가격, 상대방은 아무런 방어 스킬을 쓰지 않고 피하지 않는다고 가정한다면?

분당 풀 데미지는 대략 9만이다. 그것도 아무런 공격스킬을 사용하지 않은 수준이 그 정도라는 뜻.

실제 전투에선 회피와 방어는 물론 각종 버프 등 온갖 스킬들이 난무하고 서로의 HP를 지키려 날뛰므로 이론상으로나 가능한 수치였지만, 전설급 검은 전설급 검다운 효능이 있는 셈이었다.

'근데 대체 버프는 무슨 효능이기에 저렇게 얻어터지는 퍼포먼스를 연출한 거지?'

다만 이하도 아이템을 착용해 볼 순 없었기에 버프와 스킬이 어떤 효과가 있는지 알지 못했다.

그저 팔라딘이니, 수호성인이니 하는 단어가 기정과 잘 어울려서.

또 매 8초마다 최대 HP의 20% 회복 효과가 탱커인 기정과 잘 맞으리라 생각했기 때문에 건넨 것.

이하가 버프의 내용에 대해 고개를 갸웃거릴 때, 유일하게 그 내용을 알고 있는 기정이 뿌듯한 표정으로 이하를 바라보고 있었다.

〈수호성인 : 이름 없는 팔라딘의 의지〉

설명 : "주의 빛이 나를 감싸는 것을 느꼈다. 그 후 고통은 나의 즐거움이자, 주를 향한 내 신실의 증명이 되었다."

효과 : 근접 공격에 의한 피격 데미지 40% 감소

상태이상 '기절' 저항력 +100%

탱커인 자신을 거의 무적에 가깝게 만들어 주는 효과나 마찬가지!

마나의 소모 따위도 없이, 쥐고만 있으면 영구적으로 버프를 적용시켜 주는 '전설의 검'이 자신의 것이 되었으니까.

'진짜 최고야, 형.'

Geschoss 5

"과연……. 그래서 3일 즈음이 필요했나 보네요."

"네? 뭐가요?"

이하는 기정과 '이단 심판관'의 전투 이후, 또 다른 유저들의 싸움을 보며 이 기간이 무엇을 의미하는지 알 수 있었다.

"실제 현실이 아니라 체력 회복 시간이 필요한 게 아니잖아요. 그냥 포션만 마시면 되는데. 그럼에도 불구하고 굳이 선발 작업에 3일이나 필요했던 건-"

촥-! 이하의 검지가 이곳, 저곳을 가리켰다.

카메라 비슷한 모양의 아이템들이 연무장을 다양한 각도로 촬영 중이었다.

"-누굴 데려갈지 뽑아야만 하니까. 퓌비엘뿐 아니라 동시에 여러 군데에서 진행 중이니, 일단 전부 녹화하고 그걸 다시 검토해 보며 뽑겠다는 뜻이겠죠? 당연히 이 많은 전투들을 일일이 검사하려면 시간이 걸릴 수밖에 없을 것이고."

"헤에, 그렇구나. 전 그냥 저거 와이튜브 올리려고 찍는 건 줄 알았는데."

"뭐, 그런 용도로도 쓸 만하겠죠. 미들 어스 공식 채널에 올라가려나."

여기 모인 대다수의 고수들은 이미 녹화 방지 스크롤을 사용해 가면서 다닐 터, 그 효과를 뚫으려면 개인의 녹화로는 어려울 것이다.

미들 어스 시스템의 힘이 필요한 자료이니, 그것을 일개 개인이 수익활동에 쓸 수 없는 것은 당연했다.

'페르낭 씨 진짜 고생 빡세게 하겠는데…… 낄낄. 그때 본인이 맡아 준다고 나서 주셔서 얼마나 다행인지.'

만약 그때 페르낭이 나서지 않았다면?

이하 자신이 국왕들 설득부터 원정대원 선별까지 모든 걸 도맡아서 해야 했다. 상상만 해도 끔찍하다.

'아니, 그런데 선발은…… 페르낭 씨 혼자 한다고? 그것도 이상한데?'

속으로 웃음을 참던 이하는 문득 의문이 들었다.

페르낭은 어쨌든 모험가 직업군, 전투의 스킬 구성과 각 스킬별 데미지, 전투 시 상황 판단에 대한 평가 등을 하는 일에는 적합하지 않다.

'웬만한 일반 유저보다야 당연히 강하겠지만 지금 이런 자리에서라면 아무래도 다른 사람이—'

—하이하 씨, 어, 위치 보니까 퓌비엘에서 구경 중이신가 보죠? 마침 잘 됐다. 퓌비엘 쪽 토너먼트 우승자 포함해서 20명 정도 가려 주세요.

순간, 이하의 머릿속에 페르낭의 목소리가 울렸다.
불길함은 언제나 적중하는 법.

—어? 네?
—우선 각국에서 약 20명씩 추린 다음에 그걸 가지고 다시 모두 모여서 최종 40인으로 결정지을 거거든요. 영웅의 후예들 중 참가할 사람도 다 정해졌으니 실질적으로 남는 자리는 20여 명밖에 안 되겠지만 그래도 후보군을 충분히 추린 다음에—
—자, 잠깐만요. 제가? 제가 뽑으라고요?
—영상은 미들 어스 내에서 즉각 검토 가능하니까, 근처에 이지원 씨나 키드, 루거 씨 불러서 같이 보세요. 영웅의 후예 다른 사람이나 뭐 누구 부르셔도 좋고. 하여튼 오늘 중으로 퓌비엘 최종 목록 나와야 합니다! 그래야 내일 에즈웰에서 최종 선발 끝마칠 수 있어요!

-어, 어어어, 페르낭 씨-

뚝. 페르낭의 귓속말이 가차 없이 끊겼다.

평소처럼 떠벌 대는 걸 못할 정도로 바쁘다는 의미. 이하도 그 의미를 알기에 차마 다시 귓속말을 보내 거절할 수가 없었다.

"으아……. 미치겠네."

"왜요?"

"휴, 페르낭 씨가 신대륙 원정대-"

"꺅! 이번에 드래곤나이츠 길마 차례다! 상대는 '무 도사'예요! 배추 도사, 무 도사 파이팅! 꺄륵, 재밌겠다!"

"응……? 보배 씨?"

보배는 아주 잠깐 이하에게 관심을 주었으나 금세 토너먼트에 빠져들었다.

"하아아……. 영웅의 후예 다른 사람이나 키드, 루거, 이지원을 부르라니, 이미 토너먼트가 한창인데 이제 와서 무슨."

어쨌든 부탁을 받은 이상 대충할 수는 없는 법. 이하는 아까의 구경꾼 입장과는 조금 다른 관점에서 전투들을 살피려 자세를 고쳤다.

"드래곤나이츠 길마…… 아, 개룡 님이었던가."

과거 별초 연합의 일원으로 람화연의 화홍 길드와 맞섰던 드래곤나이츠. 그 길드의 길드 마스터 또한 일반 참가자 자격으로 들어와 있었다.

'아니, 그뿐이 아니다. 자세히 보니까 아는 얼굴들이 좀 있는데?'

대강 즐기려 했던 토너먼트에 집중하자 몇몇 사람을 알아볼 수 있게 되었다.

'저 사람은 섬광 길마. 주술사 쪽 직업군이었지.'

별초 연합이었던 섬광의 길드 마스터, 은천.

'아, 그렇네. 그 옆이 혜인 씨구나. 맞아. 그때만 해도 별초의 길드 마스터가 혜인 씨였으니 두 사람이 친할 만하겠네.'

캐슬 데일 획득 실패 후 다툼이 있었지만 그런 것도 어느 정도 풀어낸 다음이었기에, 혜인은 비교적 편안한 얼굴로 그를 대하고 있었다.

'그리고 저쪽- 엥? 비예미 씨! 결국 왔잖아! 안 될 것 같다더니!'

상황을 봐야 한다던 비예미, 그가 킥킥 웃는 표정으로 누군가를 올려다보며 대화하고 있었다.

"우와아앗?!"

"깜짝이야! 왜 그래요?"

"저, 저 사람-"

비예미가 웃으며 대화하는 사람, 오랜만에 보는 거였지만 그 모습을 이하가 잊을 리 없었다.

예전보다 더더욱 복잡해진 문양과 자연주의적인 의복,

그리고 약간은 어리바리하면서 주변 눈치를 살피는 소심함
까지.

"-징겅겅 씨!?"

드루이드 징겅겅까지 이번 토너먼트에 참가한 것이다.

"시작한다!"

보배의 외침으로 드래곤나이츠의 길드 마스터, 개룡과 아
웃사이더 '무 도사'의 전투가 시작되었다.

이 전투를 시작으로 그날의 모든 토너먼트가 끝날 때까지,
이하는 자리에서 한 번 일어나지도 않은 채 모든 경기를 유
심히 관찰했다.

'최대한 사심 없이.'

기정의 3차전은 물론, 혜인-비예미-징겅겅 등 그 누구의
전투라도 객관적인 평가 기준을 지닌 이하의 눈에서 번쩍,
빛이 났다.

'누굴 부를 시간도 없어. 다른 사람이 녹화본을 보겠지만
라이브 관람을 하는 건 나쁜! 우선 내가 철저히 봐야 한다!'

그러나 이하는 알지 못했다.

눈도 제대로 못 깜빡이고 있을 때, 자신의 옆에서 과자를
까먹으며 소리치던 사람이 누구인지.

[신대륙 원정대] 참가 자격 보유자이자, 참가를 신청한
사람.

[제2차 인마대전 궁사 영웅의 후예], 랭킹 10위 '궁귀' 보배

는 토너먼트를 신나게 즐기고 있었다.

토너먼트가 모두 끝나고, 참가자와 구경꾼까지 전부 해산 했을 땐 이미 미들 어스에서 달이 뜬 시각이었다.

주변에 안 보일 정도로 빽빽하게 들어찼던 사람은 모두 사라졌고, 남은 것은 고작 몇 명뿐. 보름달이 환하게 떠 더욱 휑한 느낌이 들었다.

"거, 진작 좀 말씀해 주시지."

남아 있는 몇 명 중 하나인 이하가 투덜거렸다.

빽빽하게 메모가 된 초안 평가지 뭉치와 보배의 얼굴을 번갈아 보면서.

혼잣말이 아니라 들으라고 한 말인 게 너무나 티가 나, 보배도 당황한 표정으로 이하를 볼 수밖에 없었다.

"이, 이하 씨가 그런 거 하는지 몰랐죠! 영웅의 후예들은 그냥 참가하면 된다기에 나는 신청해 놓고 놀고 있던 거였는데……. 아니, 그런 거였으면 저한테 말씀을 하시지! 같이 하자고."

"제가 말하는 거 듣지도 않아 놓고……."

"말을 안 하니까 그렇죠."

이하가 페르낭과 귓속말 한 내용을 말하려 할 때, '배추 도사, 무 도사 화이팅!' 이런 소리를 하며 이하의 말을 끊었던 보배다.

그때가 기억나 이하는 더욱 심통이 나 입을 비죽였다.

나이 삼십이 넘어도 이런 건 쉽게 다스려지지 않는 법이다. 그것은 단순히 보배가 얄미웠기 때문만은 아니다.

"형이 잘못했네. 보배 씨한테 자초지종을 설명했으면 당연히 도와드렸을 텐데. 아니, 형보다 더 잘했을걸? 랭킹 10위 궁사! 원거리는 물론이고 근거리에서 붙어도 웬만하면 패배하지 않는 실력자잖아."

옆에서 기정이 이런 소리를 하며 불을 지르는 것이 더 컸으리라.

이하는 황당한 표정으로 기정과 보배를 바라보고 다시 자신의 초안 평가지를 바라보았다.

토너먼트를 제대로 즐기지도 못한 채, 눈 깜빡이다 중요 장면 놓칠세라, 저격하던 것만큼 집중했던 터에 머리가 다띵 할 정도인데……. 그 서글픔을 누가 알아줄까.

터벅, 터벅, 터벅.

"혀, 형? 왜 그래?"

이하는 그저 조용히 기정에게 다가가 손을 내밀며 자신의 서글픔을 표현했다.

"검 내놔."

무자비한 말투로.

"뭐, 뭐?"

"보배 씨 편들 거면 검 내놓으라고."

"아이, 엉아야. 또 왜 그러실까. 그냥, 그냥 말이 그렇다는 거지. 에헤헤."

이하가 뚱한 표정을 짓자 기정이 옆으로 재빨리 다가와 살갑게 어깨를 부볐다. 이하도 '한 삐돌이' 하는 성격인 걸 아주 잘 알고 있으니까.

물론 그런 모습이 보배에게 보기 좋았을 리 없다.

"어우, 치사해. 기정 씨! 그냥 줘 버려요. 그까짓 검, 뭔진 몰라도 제가—…… 제가 잘못했네요, 이하 씨. 헤헷."

보배는 흥, 칫! 하면서 화를 내다 돌연 얌전히 입을 다물었다.

심지어 작은 미소까지 띄우며 자신에게 다가오는 보배를 보며 이하는 황당함을 금할 수 없었다.

'뭔 태세 전환이 이렇게 빨라?'

물론 그 이유는 이하도 알 수 있었다.

"기정이가 방금 귓말로 무슨 검인지 얘기했죠? 전설급이라고? 완전 성능 쩌는 거라고?"

"네? 아, 아뇨?! 곰곰이 생각해 보니 '제가 먼저 도왔어야 했는데~' 하는 마음이 들어서 그렇죠. 이하 씨도, 차암! 무슨 그런 말씀을 하신담."

보배가 호호, 아줌마처럼 웃으며 다가와 이하의 어깨를

톡! 때렸다.

완전 엎드려 절 받기나 다름없는 행동이었지만 역시 사람은 사람인지라……. 이하의 응어리도 자연스레 풀려 버렸다.

"그래서 이하 씨가 1차로 추린 스무 명은 누구예요?"

"아! 그래, 형. 보배 씨한테 검증 한 번 받아 봐."

"보배 씨뿐만이 아녜요. 나도 중간부터 봐서 몰랐는데……."

"응? 뭐가?"

이하는 친구 창을 켜고 리스트를 살폈다.

단순히 보배가 도와주지 않아서 화가 났다고? 기정이가 옆에서 부채질해서 삐졌다고? 그것뿐이 아니었다.

이하는 크게 숨을 들이키곤 목청이 터져라 외쳤다.

"키드! 루거! 이지원 씨! 빨리 안 나와요? 내가 여기서 뭐 하는지 다들 뻔히 보고 있었지? 진짜 어떻게 도와준다고 나서는 놈이 하나 없냐!"

수도 아엘스톡으로 위치가 되어 있는 사람이 그 외에도 몇이나 되었기 때문! 오늘 같은 날 그들이 상점이나 들리려고 왔을 리가 없다!

"우악! 형! 여기 세이크리드 기사단 본부야! 소리 지르면 안 돼!"

기정이 말리는 것도 듣지 않은 채, 이하는 고래고래 소리를 질렀다.

나와라, 나와! 배신자들, 치사빤쓰! 등등 이하가 유치찬란한 어휘들을 다섯 번째 내뱉었을 때였다.

"흠, 크흐흠. 이제 막 나가려는데 뭘 그렇게 소리를 지르고 그럽니까, 체통 없게."

"꼴에 눈치는 빠르군. 네 녀석이 수도 밖으로 나가는 순간 머리통을 날려 주려 했더니만."

"눈치 오져따리."

세이크리드 기사단 본부의 사각 지대 곳곳에서 그림자들이 튀어나왔다.

겸연쩍다는 듯 모자를 눌러 표정을 가리는 키드와 본심도 아니면서 괜스레 투덜대는 루거, 그리고 민망해하는 이지원까지.

다들 토너먼트 구경도 할 겸 중간부터 참가한데다, 이하가 무언가를 하는 게 보이자 숨어서 그것을 관찰하고 있던 것!

언제나 튀는 행동으로 특이한 업적이나 퀘스트를 챙겨 가는 이하였고, 이하가 그렇게 성장했다는 걸 알고 있기에, 그 모습을 관찰하다가 뭐라도 하나 챙길까 싶은 마음을 먹고 있는 사람들이었다.

"아으, 이렇게 마음 안 맞는 사람들이랑 60일을 넘게 항해해야 한다니! 하여튼 다들 얼른 와요! 제가 1차로 추린 이 사람들 중에서 스무 명을 다시 골라내야 해요. 오늘 안에 해서 페르낭 씨한테 보내야 하니까!"

이하가 버럭! 화를 내자 세 사람의 걸음걸이가 빨라졌다.

"기정이 너는 평가할 권한은 없지만 그래도 도와. 우리의 목숨을 건 위험한 항해가 될 테니까. 여러 가지 측면에서 면밀히 검토해야 해. 아, 다시 돌려 볼 영상은-"

"여기요오! 어쩜 이런 거 하는데 저를 빼놓고 그러신담? 돌려 볼 영상 전부 가져왔어요."

이하가 모여 있는 사람들에게 지시를 내리며 본격적으로 자리를 잡으려 할 때, 세이크리드 기사단 본부에서 신나라가 허겁지겁 달려왔다.

언젠가 이하가 왕실기록원에서 녹화할 때 사용했던 아이템과 유사한, 작은 프로젝터 같은 아이템들을 잔뜩 든 채.

"응? 나라 씨? 나라 씨도 영웅의 후예예요?"

"아뇨. 자리가 겨우 40명밖에 안 된다면서요. 그런 자리를 제가 뺏을 순 없죠."

"엥? 그게 무슨 소리예요?"

신나라는 발아래에 프로젝터 아이템을 내려놓으며, 모여 있던 신대륙 원정대 확정 멤버에게 인사를 올렸다.

"퓌비엘 왕국 감찰관의 권한으로 금번 원정대에 참가하는 세이크리드 기사단의 신나라라고 합니다. 잘 부탁드려요."

대륙 내 모든 국가들이 물자와 인력을 내놓은 연합 작전. 전투 인원 외 이런 자리가 있는 것도 어쩌면 당연한 일이었다.

그러나 당연한 것을 당연하게 치부하지 않으며, 또 유저들의 전투력을 극대화하기 위하여 굳이 전투 인원 40인의 자리를 빼앗지 않으며 감찰관으로 부임하는 것.

그게 바로 신나라의 위력이리라.

"과연…… . NPC에 가장 가까운 유저라는 게 헛소문은 아니었나 봅니다."

키드가 조용히 감탄했다.

"역시 나라 씨라니까. 오케이! 그럼 시작해 봅시다!"

이하가 박수를 짝! 치며 모인 유저들을 독려했다. 달이 뜨기 시작할 때 시작한 평가 작업은 달이 질 때까지 계속되었다.

퓌비엘 소속 신대륙 원정대원 20인의 리스트가 페르낭에게 전해진 것은 다음 날 아침.

"끝! 수고하셨습니다!"

"끄아아아…… 힘들어! 시험공부도 이렇게 빡세게 한 적이 없는데!"

기정이 벌러덩 누우며 종이 더미를 내던졌다. 팔락, 팔락 흩날리는 평가지엔 익숙한 이름들이 제법 많이 적혀 있었다.

[마스터케이, 템플러, 하드 탱커 및 준수한 근접 딜.]

[혜인, 세이지, 마나 중계탑 건설 후 공간 마법 극대화 가능.]

[비예미, 베넘 메이지, 지속 데미지 강력, 시스템 이해도 高.]

[징겅겅, 드루이드, 보조 힐러 및 폴리모프를 통한 항행로 정찰.]

['배추 도사', - - -]

['무 도사', - - -]

['빡빡이 팬더', 무도가, 일시적 '수상水上질주' 가능.]

[개룡, 랜서, 근접 딜 우수, 투창을 활용한 중거리 딜링 능력 보유.]

[은천, 주술사, 토템을 활용한 범위 공격 딜 우수.]

.

.

.

이름과 직업, 간단한 특징은 물론이고 그 뒤로도 줄곧 이어지는 세부 평가 항목별 점수까지!

"제기랄, 이런 놈들 전부 일렬로 줄 세워도 내가 다 죽여버릴 수 있을 텐데 이런 평가 따위나 하고 있다니!"

루거 또한 포마드의 고정력이 다 떨어질 정도의 시간이었을까, 삐져나온 머리를 가다듬으며 이하를 향해 불평을 토로했다.

"시끄러워요, 루거. 당신이 무슨 초인이야? 60일 항해에선 당신 혼자 강해 봐야 아무 소용없다고. 이지원 씨도 지금 무슨 말 하려고 했죠? 안 들어도 뻔하니까 말하지 말아요."

이하는 그들을 다독였다.

그러나 문제는 이게 아니었다.

다들 끝났다고 생각한 이 작업은, 사실 이제부터 시작이나 다름없었으니까.

"자, 이제 에즈웬으로 갑시다. 미니스랑 샤즈라시안, 크라벤에서도 후보들 줄줄이 있을 텐데 가서 선별해야지."

지금까지 끝난 게 겨우 퓌비엘 1개국의 정리였다.

즉, 각국의 후보군들을, 각국의 평가 담당이었던 기 합류 선발대원들과 다시 밤샘 토론을 해서 최종 결정을 해야 한다는 의미!

이하의 말뜻을 알아듣기 무섭게 유저들의 표정이 굳었다.

"……갑자기 일이 생각나서─"

"로그아웃하면 다시는 안 끼워 줄 거예요, 키드."

이하는 도망가려는 키드의 옷자락을 보지도 않고 붙잡았다.

"이하 씨, 너무해에에……."

"나라 씨도 퓌비엘의 감찰관이니까 열심히 하셔야죠. 퓌비엘의 국익을 위해서 나선 거니까. 봐주는 거 없습니다."

신나라가 애교를 떨며 우는 소리를 해 봤지만 역시 통하지 않았다.

"쉴 틈 없어요. 벌써 에즈웬에 다들 모이고 있으니 우리도 갑시다. 자! 자! 일어서고! 얼른! 지각한다!"

마치 어린 자식을 등교시키기 위해 아침잠을 깨우는 엄마처럼, 이하는 유저들을 괴롭혔다.

이런 지겹고 짜증 나는 작업이 우선되어야 신대륙 항행이 완벽해지는 것을 모두가 알고 있다.

그러나 아는 것과 실천하는 것은 너무나 다르다.

'진짜 대단한 형이야. 저격수는 괜히 저격수가 아니라니까.'

이런 준비조차 자발적으로(?) 꼼꼼하게 챙기는 이하를 향한 존경심이 여러 유저들에게 생길 수밖에 없었다.

쿠우웅, 교황의 알현실 문을 닫고 나오자마자 NPC 하나가 무릎을 꿇으며 기도를 올렸다.

"신이시여, 저들을 용서하소서……."

"왜 그러십니까? 무슨 일 있습니까, 추기경님?"

평소와 완전히 다른 일에 깜짝 놀란 사제 유저가 달려와 NPC에게 물었다.

"나는…… 나는 차마 내 입으로 그 단어들을 말할 수 없소. 그들이 성하 앞에서 내뱉는 저 저열한 단어들의 향연이라니!"

추기경은 파리해진 얼굴로 고개를 저었다. 사제 유저로선 잘 이해가 가지 않았다.

"제가 알기론 신대륙 원정대원 최종 선발을 위한 회의라고 들었습니다만…… 저열한 단어라는 게 무슨 말씀이신지─"

"교황 성하를 앞에 두고 병신이네, 등신이네, 머리통을 갈라 버리네, 하는 말을 하는 게 당최 가당키나 한 일이오? 오오, 오오, 그러나 인자하신 성하께선 대륙을, 이 인류를 위해 그런 저속하고 저열한 단어가 머릿속을 어지럽히는 걸 꾹꾹 눌러 참고 계시다는 말이오! 주여, 당신의 지상 대리인의 두뇌를 보호하소서."

추기경 NPC의 말을 들으며 사제 유저는 황당함을 금할 수 없었다.

'이 안에 있는 건 알렉산더를 비롯한 미들 어스 최고의 유저들이라고 했는데? 교황 앞에서 저런 얘기를 하고 있다고?'

추기경이 두 눈을 감고 진심 어린 기도를 하는 모습을 보며 사제는 연신 고개를 갸웃거렸다.

NPC가 기겁을 할 정도로 격렬하고 또 활발하게 이루어진 토의는 이하의 예상대로 꼬박 하루가 더 걸렸고, 페르낭이 최초 계획했던 기한에 딱 맞춘 3일째.

"끄, 끝났다! 영웅의 후예나 이미 참가 확정된 사람 말고! 그 외 토너먼트에 의한 참가 인원은 이렇게 최종 결정! 이의 없죠?! 원정대장 결정 건도 이의 없으시고?!"

"이의 있는 새끼는 미리 말해. 어깨부터 모조리 날려 줄 테니 그 후에 손을 들어라."

루거가 테이블에 고개를 콱-! 처박으며 한 마디를 남긴

게 마지막이었다.

다들 지쳐 교황청 알현실에 쓰러진 상황에서 페르낭은 종이를 들고 교황에게 다가가 제출했다.

"성하, 이것이 [신대륙 원정대] 일반 참가자들의 목록입니다. 여기에 적힌 23인에 더해 영웅의 후예들, 그리고 기 참가 확정 인원들을 포함하면, 최종 전투 인원 40명이 확정됩니다."

"고생했네⋯⋯ 정말 고생했어, 페르낭."

샤아아아아ー!

교황이 그의 어깨를 툭, 툭 치자 페르낭의 몸에서 백색의 빛이 뿜어져 나왔다.

개척왕을 레벨 업 시킬 정도로 고된 퀘스트가 마침내 일단락된 셈.

"선발된 개인들에게 연락을 하고, 즉시 대륙 곳곳에 [신대륙 원정대]의 발족을 공포하게! 페르낭, 출발 가능 일자는?"

"크라벤 선박이 준비되는 대로 즉각 출발할 수 있습니다. 이미 연락은 취해 놓았으니 빠르면 내일 아침이라도 가능할 겁니다."

"좋아. 그러면 하루간 모든 정비를 마쳐 주게. 이틀 후, 그대들은 현 대륙 인류의 평화와 안전을 위해 먼 길을 출항하게 될 걸세."

마라톤 회의로 지쳐, 교황 앞이라는 것도 잊은 채 마음껏 널브러져 있던 유저들의 눈앞에 홀로그램 창이 떴다.

[최후의 만찬]

설명 : 하루의 자유 시간을 어떻게 쓸 것인가. 60일 이상의 항행은 결코 만만치 않으리라.

내용 : 2일 후 오전 08:00까지 교황청 앞으로 집합

보상 : 업적-제2차 신대륙 원정대

실패 조건 : 지각 시

실패시 : 신대륙 원정대원 자격 박탈

– 수락하시겠습니까?

'지각이라. 그런 미친놈이 어디 있을까.'

제법 살벌한 퀘스트 제목에 비해 황당한 실패 조건을 보며 이하는 헛웃음이 나왔다.

그러나 그 내용만큼은 결코 우습지 않았다.

미들 어스에서 인류의 존망을 건 항해는 이제부터 시작이었다.

"당분간 돌아오지 못할 테니까 최대한 페이토르 씨가 맡아 주셔야 합니다."

"걱정 마십시오, 성주님."

"보틀넥 아저씨가 수성 경계 시스템도 완성했다니 급습당하는 일은 없을 거예요. 제가 적어 줬던 파일 있죠? 침공 시 해야 하는 일들."

"물론입니다. 모두 숙지했습니다."

이하는 비상 상황 시 가즈아 기사단의 통솔을 비롯, 도시의 운용을 어떻게 해야 하는지 이미 리스트를 만들어 전해 준 바 있었다.

그리고 그것을 외우는 건 사람이 아닌 집사 NPC에겐 당연한 일이었다.

"도시 발전보다는 주민 안정을 최우선으로 운용 부탁드립니다."

"걱정 마십시오. 매주 수입에 관한 보고서 및 정산액은 금고에 철저하게 보관토록 하겠습니다."

"오케이, 믿어요!"

이하는 페이토르의 어깨를 다독여 격려하곤 즉각 로그아웃했다.

'미들 어스로 겨우 이틀 후다. 아니, 정확히는 38시간 후. 대충 6~7시간은 잘 수 있겠어.'

문득 현실의 삶이 미들 어스를 위한 게 되어 버리지 않았나, 싶은 생각이 들었지만 깊게 고민하지 않았다.

지금 자신이 단순히 미들 어스 속에서 신대륙을 탐험하기 위해서 이러는 건가?

'그럴 리가. 장담컨대 이번 모험만 끝나면–'

현재까지 모아 둔 금액에 신대륙 원정 기간 중 시티 가즈아의 정산액, 그리고 신대륙 원정에서 아이템을 얻거나 하는 플러스알파까지 포함하면?

'드디어 치료비 목표액 달성인가?'

마침내 최소 수술 가능 금액인 20억에 도달할 수 있다는 것을 이하는 본능적으로 알 수 있었다.

'자자, 얼른 자야 해. 보는 이조차 안타깝게 만드는 이 생활도 조만간 끝이야!'

끼릭, 끼릭, 휠체어를 미는 팔에 불끈, 힘이 들어갔다.

치료를 생각하자마자 긴장과 흥분이 동시에 든 이하는 피로 누적임에도 쉽게 잠들지 못했다.

몸을 겨우 침대에 뉘이고 뒤척이길 몇 분, 결국 이하는 신대륙 원정대에 관한 생각을 다시금 곱씹었다.

'생각해 보니 다른 영웅의 후예들은 누굴까? 기 확정된 여섯 명이 모두 영웅의 후예들이라는 건 좀 놀라운 일이었지만, 그 외에도 11명이나 더 있다고 했는데.'

페르낭에 말에 의하면 40인의 전투요원 중 17인이 영웅의 후예, 23인이 일반 참가자다.

'람화정은 오늘 안 왔지만 어쨌든…… 그리고 보배 씨도 영웅의 후예라고 했지. 나라 씨야 어차피 번외 인물이니까 제외하고.'

즉, 참가자 중 알고 있는 영웅의 후예는 이하–키드–루거, 알렉산더, 이지원, 람화정, 보배까지 7인.

그 외에도 오늘 선발 작업에 나타나지 않은 사람들이 10명이나 된다는 소리다.

'리스트만 주고 다 빠졌다고 했어.'

미니스와 샤즈라시안, 그리고 크라벤의 영웅 후예들은 교황청까지 오지 않았다.

자신들이 뽑은 리스트에서 어떻게 조합하여 최적의 인원을 구성하는지에는 별 관심이 없다는 듯했다.

'다들 그만큼 자신이 있다는 소린가……. 흐음. 그래도 그게 아닐 텐데.'

누구와 같이 가든 자신들의 힘을 믿는다는 해석도 가능하다.

이하는 어서 전부 모인 40인의 원정대원을 보고 싶었다.

'그러려면 바로 자야지. 자자, 당장 잠들어도 얼마 못 자니까.'

그 영웅의 후예 중 누가 있는지 이하는 전혀 예상할 수 없었다.

삐빗– 삐– 파악–!

"하아, 하아. 시간은– 오케이. 안 늦었다."

그야말로 칼 기상으로 정확하게 알람에 맞춰 일어난 이하는 군인처럼 절도 있는 움직임으로 준비를 마쳤다.

씻고, 아침을 든든히 먹는 것까지 완료.

이하는 미들 어스에 접속하기 전 시간을 체크하며 커뮤니티를 확인했다.

"역시……. 이미 미들 어스에서 24시간 이상이 지난 셈일 테니 당연한가."

〈제목 : 페이즈 3 메인 스토리가 신대륙 원정 아님?〉

〈제목 : [신대륙 원정대원 참가자 목록].txt〉

〈제목 : 난 어제 소식 들었는데 벌써 선발 끝남 시발ㅋㅋ〉

〈제목 : 꼭 좋은 것만은 아님 ㅇㅇ 열흘 넘게 잠도 거의 못 자고 혹사당해야 함〉

〈제목 : ㄹㅇ 이런 건 그냥 후발대가 좋은 거다 병신드랑〉

커뮤니티에서 폭발적으로 늘어난 글들은 대부분 신대륙과 관련된 이야기였다. 그것도 너무 '급박한 선발 과정'에 대한 불만이 대다수다.

'쩝, 일하고도 욕먹는다니까. 페르낭 씨가 그렇게 하고 싶어서 했냐고.'

게임 스토리 흐름이 급박하게 돌아가는 것을 어떻게 할까.

실상을 모르기 때문에 욕하는 것이야 어쩔 수 없는 일이라지만, 보는 이하의 마음도 불편한 것은 마찬가지였다.

'실제로 한 두어 달 여유가 주어졌다면 더 많은 후보자들이 참가했겠지.'

물론 각국에서 원정대원으로 참가하기 위한 토너먼트엔 상당수의 사람이 몰렸다.

그러나 국가전 때에 비하면 어림도 없는 숫자다.

푸른 수염을 쫓는 게 실제로 페이즈 2의 본체였지만, 그 '미끼' 이벤트였던 국가전은 그야말로 모두가 다 참가하는 대축제 격이었으니, 커뮤니티에서 불만이 폭증하는 것도 당연한 일이었다.

'흠…… 그럼 이것도 뭐가 있나? 이렇게 소수 정예만 놀게끔 만들 리가 없을 텐데. 마나 중계탑 건설 후 유저들이 신대륙으로 대거 몰려오면서 본격적으로 시작이라고 봐야 하나? 아, 모르겠다. 일단 접속해 보자.'

이하는 어쩐지 이번 신대륙 행에도 무언가가 있다는 예감을 받았지만, 현 시점에서 알 수 있는 건 아무것도 없었다.

재빨리 미들 어스로 들어가고, 시티 가즈아에 새롭게 생긴 보틀넥 대장간에서 탄을 챙겼다.

"여기서 살 때마다 네놈 주머니로 돈이 들어간다고 생각하면 속이 뒤틀리는 기분이다."

"어쭈? 그럼 사지 말든가. 루거 당신한테는 팔지 말라고 할까?"

"……말이 그렇다는 거다, 말이."

루거가 쳇! 하면서 자신의 탄띠와 가방에 탄을 욱여넣었다.

이하는 그 모습을 보며 즐겁게 웃었다.

"뭐하는 겁니까. 이제 탄을 보급하는 겁니까."

이제 퀘스트 기한까지 1시간이 채 남지 않은 시점이 되자 마지막으로 키드까지 시티 가즈아의 보틀넥 대장간에 왔다.

"키드 씨는 더 늦게 와 놓고 무슨. 얼른 챙겨요, 출발하게."

역시 삼총사는 삼총사라는 걸까.

그들 힘의 원천은 역시 탄환에서 나오는 것.

긴 여정을 떠나기 전 마지막으로 들르는 곳이 보틀넥 대장간인 건 어쩔 수 없는 것이다.

"엉클 보틀넥, 스피드 로더는 준비됐습니까?"

"젠장, 오늘 뭔 날이야? 마음에 안 드는 놈 셋이 와서 줄줄이 뭘 달라, 어쩌라, 난리들이야? 젠장, 비어드 브라더스!"

보틀넥이 이리저리 날뛰고 준비했던 아이템들을 꺼내며 자신의 조수를 불렀다. 비어드 브라더스의 드워프는 대장간 앞에 줄줄이 선 삼총사를 보며 싱긋 웃었다.

"헤헤, 보스! 그래도 신기하지 않습니까?"

"뭐가? 바빠 죽겠으니까 가서 루거 놈 탄이랑 키드 놈 스피드 로더 더 챙겨 와!"

"삼총사가 저렇게 있다는 게 말입니다. 허헛, 참. 브라운과 엘리자베스, 그리고 브로우리스를 보는 것 같아 감회가 새로운데요."

멈칫. 그 말에 보틀넥의 행동이 잠시 멈추었다.

가게 앞에서 햇살을 등지고 선 세 명의 인간.

의상도, 성격도 다르지만 적어도 그들이 들고 있는 총기와 그 속성만큼은 제2차 인마대전의 영웅들이지 않은가.

그 기억이 설정된 드워프 NPC들에게 세 사람이 같이 있는 장면은 일종의 감동 코드처럼 세팅이 되어 있을 것이다.

"흐응, 아직 멀었지. 브라운, 엘리자베스, 브로우리스 하면 모든 마魔의 존재가 두려워하는 대상이었어. 여전히 풋내나는 네놈들은 거기에 댈 게 아니라고! 가져가, 이놈아!"

"우악?! 누가 뭐랬어요? 비어드 브라더스가 말했는데 왜 날 때려요?"

퍽, 퍽!

보틀넥이 이하의 허벅지를 때리며 탄창들을 넘겼다.

이하가 시티 가즈아의 실질적 성주가 되었고, 보틀넥은 시티 가즈아의 일개 입점인이자 공병단장의 직책일 뿐이었지만 그들의 관계는 여전했다.

가방 가득 탄, 폭탄 등 자신들의 무기를 챙기고, 허리에 두른 탄띠에도 빼곡하게 탄을 꽂아 넣으며 모든 준비를 마친 삼총사.

"준비 끝? 빠진 거 없죠?"

"네 녀석 정신머리나 챙겨."

"수정구나 가동시키십시오."

"무드 없다, 정말로……. 이럴 때 뭔가 감동적인 말 딱! 해 주면서 같이 움직이면 좀 좋냐? 새로운 출발을 앞둔 상황에서, 우리 세 사람이 다시 한 번 힘을 합쳐-"

슈욱- 슈욱-!

이미 수정구를 가동시켰던 키드와 루거는 이하의 일장연설 도중 사라져 버렸다.

"쩝. 다녀올게요, 보틀넥 아저씨! 브로우리스 소장님도 간간히 오실지 몰라요!"

"그놈이 여길 왜 와?"

"수도에 별 일 없으면 가끔 순찰 한 번 돌아 달라고 부탁해 놨거든요! 하여튼 저 없는 동안 너무 재정 축내지 마시고-"

슈욱-!

"……끝까지 잔소리야, 끝까지. 어휴!"

이하가 사라진 후, 허공을 보며 보틀넥이 치를 떨었다.

세 사람은 순식간에 교황청 앞에서 다시 모이게 되었다.

교황청 앞의 광장엔 원정대원뿐 아니라 무수히 많은 유저들이 몰려와 있었다.

신대륙 원정대의 출정식을 구경하러 온 거라는 건 이하도 알 수 있었다.

"페르낭 씨!"

"아, 삼총사! 마지막으로 딱 맞춰 오셨네요. 얼른 이쪽으로 서시죠."

페르낭은 그 와중에도 행사를 주관하고 있었다.

진짜 불쌍하기 짝이 없는 유저라는 생각을 하며 이하가 그 대열에 합류했을 때.

[최후의 만찬 퀘스트를 완료하였습니다.]

빠밤-! 퀘스트 완료와 함께 업적 알람소리가 머리에 울렸다. 신대륙 원정대원 전원이 모이며 퀘스트가 클리어 되었다.

〈업적 : 제2차 신대륙 원정대(A)〉

축하합니다! 당신은 신대륙을 향한 두 번째 원정대원으로 참여하게 되었습니다. 거친 바다와 예기치 못한 몬스터들과의 사투! 상상조차 할 수 없는 방해를 물리치며 신대륙에 도달할 수 있을까요? 인류의 부흥을 책임질 40인의 제2차 신대륙 원정대 여러분, 서두르셔야 합니다! 이 순간에도 적은 쉼 없이 움직이고 있을 테니까요!

보상 : 스탯 포인트 18개

(명예의 전당이 없는 업적입니다.)

'1차는 페르낭 씨가 예전에 받았겠군. 그때 벌써 A급 업적을 땄단 말인가?'

미들 어스가 오픈한 지 오래지 않아서였을 텐데.

이하는 업적을 살피며 페르낭이 어찌 그리 빠르게 성장했는지 어렴풋이 알 수 있었다.

"자, 자! 이제 30분 후면 끝입니다! 인사는 크라벤 왕국에서 배 타기 전에 정식으로 다시 하시고! 얼른 퀘스트 받고 출발해야 하니까 줄 서세요, 줄!"

페르낭은 40인의 유저를 향해 소리쳤다.

이하는 친구 창을 열어 모두의 위치를 살폈다.

유일하게 오지 않은 자는 신나라였다. 40인의 전투 요원이 아니라 퓌비엘의 감찰관으로 출항하는 그녀는 아직 퓌비엘 왕궁에 있었다.

'거기서 모종의 퀘스트를 받아 오겠지. 흐흐. 하여튼 대단해.'

교황으로부터 퀘스트를 부여 받기 위해 줄을 서려 움직이던 이하는, 대치중이던 한 그룹을 발견했다.

"기정아! 혜인 씨, 비예미 씨, 징겅겅 씨!"

"엉아! 이리 와서, 서!"

기정이 대표로 대답하며 이하를 향해 손을 흔들었다.

그러나 기정의 표정은 짐짓 불안했다. 이하를 향해 손을 흔들면서도 옆을 흘끗거리고 있었으니까.

"우힛, 우히히히힛! 서프라~이즈! 오랜만이군, 하이하!"

"……뭐야, 당신. 뻬뜨르?"

기정을 향해 걷던 이하의 발걸음이 덜컥 멈췄다.

기정의 옆에 서 있는 광대 분장 유저가 이하를 향해 과도한 환영인사를 날리고 있었다.

"당신이 여길 어떻게-"

"우히히힛! 서프라이즈지, 서프라이즈!"

"무슨-"

쉬이이이익-!

뻬뜨르는 자세를 낮추며 한달음에 이하의 턱밑까지 쇄도했다.

그의 날카로운 손톱이 이하에게 닿으려는 찰나, 카앙-! 하는 쇳소리가 울렸다.

"키킷, 진짜 공격하려는 의도는 없었겠지만 아무리 미친 네놈이라도 교황청에서 이러는 건 좀 아니지 않아?"

어느새 그의 움직임을 쫓은 비예미가 짙은 녹색의 단검으로 그의 손톱을 후려쳤다.

뻬뜨르는 자신의 손을 재빨리 털고는 다시 배꼽을 잡고 웃었다.

"쁘히히힛! 제2차 인마대전의 영웅 후계자도 되지 못한 리자디아 따위에게 듣고 싶은 충고는 아닌걸? 이 정도 느린 속도도 제대로 따라잡지 못하다니, 천하의 구엔도 맛이 갔군! 우핫! 맛이 갔어, 완전히 빨간 맛이야!"

"……그렇군. 뻬뜨르 당신도 영웅의 후예였어."

이하는 그의 정신 나간 소리를 들으며 상황을 파악할 수 있었다.

'여분의 목숨을 저장하는 전설급 아이템. 비예미 씨가 '구엔'으로 활동할 때 그걸 놓고 싸우다가 결국 캐릭터 삭제를 당했다고 했지.'

즉, 그 당시의 승자인 삐뜨르가 암살자 클래스 영웅의 후예가 된 건 당연한 일었다.

일단의 소란 때문에 신대륙 원정대원 40인의 눈이 이하와 삐뜨르, 비예미 등에게 쏠렸다.

개중엔 영웅의 후예도 있었고, 토너먼트 선발자도 있었지만 어쨌든 이하와 삐뜨르를 어느 정도 견제하면서 유심히 관찰하는 건 모두 같았다.

그런 그들을 헤치며 한 사람이 걸어 나왔다.

"그 정도로 놀라면 안 될 것 같은데~? 하이, 하이하 씨~!"

들어 본 것 같지만 자신과는 절대 친하지 않은 자의 목소리.

애교스러움 속에 묻은 음흉함. 이하는 다른 원정대원들을 가르며 나온 유저를 보며 경악했다.

"……말도- 분명히 토너먼트 리스트에 없었는데!"

"토너먼트? 어머나, 무희 클래스라고 제2차 인마대전의 영웅이 없었을까 봐요? 우훗, 잘 부탁해요."

살포시 무릎을 굽히며 이하에게 인사하는 여성 유저. 신대륙 원정대원 40인에는 치요도 포함되어 있었다.

Geschoss 6

"저번엔 서로 적으로 만나 너~무 살벌했는데 이렇게 같.은.팀으로 만나니까 좋다. 안 그래요?"

"누가 같은 팀이라는 겁니까?"

"어머, 왜 그러실까. 제가 시티 가즈아에 세금 얼마나 납부하는지도 다 알고 계시면서. 서로 좋은 게 좋은 걸 텐데요. 기나긴 항해는 물론이고 앞으로도 쭈~욱 같이 가려면."

치요가 눈웃음을 지어 보였다.

눈 밑에 도톰하게 오른 애교살이 그녀의 인상을 더욱 부드럽고 밝게 만들고 있었으나 이하는 그녀를 무시했다.

'내가 성주라는 걸 알고 있다. 아니, 그 정도를 아는 건 당연하겠지. 웬만한 유저들도 이제는 다 알 테니.'

시티 가즈아에 들르는 일반 유저들도 실질적 성주가 이하인 것은 대부분 알 터. 하물며 이미 점포를 소유하고 있던 치요가 모를 리 없다.

'문제는 언제부터 알았냐는 것. 일반 유저들이 알기 시작한 요즈음인지, 아니면 그 이전인지…….'

만약 치요가 정보를 다루는, 반상 밖의 적이라면?

이하가 시티 가즈아를 얻게 되었다는 얘기를 한발 빠르게 입수, 즉각 파우스트에게 알려 침공을 시켰을 수도 있다.

그게 바로 이하가 의심하는 점이었다.

'페이토르의 보고서에 의하면 치요의 가게, 그 요정은 일말의 피해도 입지 않았었어. 정말 그것 때문일까.'

그러나 확신할 순 없었다.

그 외에도 피해를 전혀 입지 않은 점포는 얼마든지 있다.

도시 기능은 60% 이상 마비되었어도 실제 파손된 인프라와 건물은 대략 40% 수준이었다.

단순히 피해 여부로만 판단한다면 용의자가 수도 없이 많아질 것이다.

'마담 쥬도 아직 별 말 없었는데……. 조사 자체에 들어간 지 얼마 안 됐을 테니.'

성스러운 그릴 시티 가즈아 지점의 오픈 준비 때문에 바빴다.

이하가 치요에 대해 조사해 달라고 부탁했으나 그 일이 얼마나 진행됐는지는 아직 알 수 없었다.

무엇보다 치요가 뻬뜨르를 만나고, 제2차 신대륙 원정대

174 마탑의 사수 16

에 지원한 건 이하가 성스러운 그릴에 있을 '그 시점'이니, 아무리 빨리 조사했어도 시간상 맞을 수가 없는 것이다.

"교황 성하께서 입장하십니다!"

쿠우우우웅————!

쿠우우우웅—————!

힘찬 북소리와 함께 교황청 앞 광장이 조용해졌다.

이하도 더 이상 치요와 입씨름을 할 수 없었다.

40인의 신대륙 원정대원이 정렬하고, 주변의 유저들 또한 각종 녹화, 녹음 시스템을 사용해 역사적인 순간을 기록하려 할 때, 이하의 머릿속은 홀로 질주하고 있었다.

'아니, 반상 밖의 적으로만 따진다면 뻬뜨르도 용의 선상에 있는 건가?'

지금까지 이하의 머릿속에 있는 것은 정체 모를 적이었다.

그러나 뻬뜨르는? 그도 무시할 수 없다!

'국가전 때는 총사령관 암살에 직접 나섰지. 실패하긴 했지만 어쨌든 뻬뜨르는 죽지 않았어! 살아 있었다면 그 후에도 작전 지시는 계속할 수 있다!'

암살자 클래스이므로 잠행에도 능통할 터.

샤즈라시안의 이고르와 연이 닿는 것도 말이 된다. 무엇보다 둘 다 랭커이지 않은가.

'그래. 애당초 내가 잘못 생각하는 걸 수도 있어. 치요만이 문제가 아니다. 뻬뜨르 또한 결코 무시할 수 없어. 어쨌든 저

비예미를 짓밟고 암살자 1위까지 올라간 사람이잖아. 파우스트가 말했던 [년]은 그냥 입버릇일 가능성은?'

저격수는 신중해야만 한다.

직감에 따라야 하는 순간도 있지만 그것은 피치 못할 경우뿐이다.

군인 중 가장 합리적이고 이성적인 직군이 바로 저격 직군이지 않던가.

이하가 교황의 연설에도 집중하지 못하고 삐뜨르와 치요, 그리고 반상 밖의 적에 대해 궁리하고 또 고민하고 있을 때, 치요는 웃고 있었다.

'우후훗, 헷갈리겠지? 나 혼자 왔다면 분명히 오해를 샀겠지만……'

삐뜨르도 있다.

본인이 직접 원정대에 참여해서 정보를 캘 수 있음에도 그녀가 굳이 미드나잇 서커스까지 찾아갔던 이유. 즉, 삐뜨르를 이 원정대에 참여시킨 이유는 오직 하나였다.

'원래 사람은 자극적인 색깔에 눈이 꽂히는 법이거든. 하물며 퓌비엘 국왕 암살 작전과 국가전 총사령관 암살 계획을 짰던 저 멍청한 광대 녀석이라면…… 하이하의 관심을 돌리기 딱이지.'

이하의 관심을 자신 외의 인물로 돌리기 위해서.

이하가 여전히 제대로 감을 잡지 못하고 있는 '반상 밖의 적'이자 시노비구미의 수장, 치요의 계획은 멋들어지게 성공하고 있었다.

그렇게 이하가 생각의 함정에 갇혀 있는 사이, 어느새 교황의 연설은 막바지를 향했다.

"─그러므로 더 이상 마왕의 조각에 의한 위험을 좌시할 수만은 없는 바, 주신 아흘로의 이름 아래, 모든 대륙의 힘을 모아 녀석을 추격, 섬멸하기 위해 이곳에 모인 것입니다. 물론 40인의 어깨에 이 땅의 모든 짐을 올려놓을 생각은 없습니다. 그대들이 해야 할 가장 큰 임무는 신대륙과 이곳 간의 연결 고리를 만드는 것. 본격적인 마왕의 조각 추격전은 그 후에야 가능할 것이겠지요."

이 NPC의 말 한 마디, 한 마디가 페이즈 3의 힌트가 될 것이라는 건 원정대원은 물론 모여 있는 거의 모든 유저가 눈치챈 상황이었다.

"결코 쉽지 않을 것입니다. 전인미답의 땅까지 가는 그 길이 얼마나 험할지 저로선 상상할 수 없습니다. 제가 할 수 있는 것은 오직 하나 여러분들의 여정에 주신 아흘로의 가호가 함께하길 기도하는 것뿐……."

교황은 조용히 눈을 감으며 두 손을 모았다.

자못 경건한 그 장면을 보며 몇몇 유저의 가슴은 뜨겁게 타오를 정도였다.

"원정대장은 앞으로 나오십시오."

교황의 말이 끝나자 도열해 있던 40인 중 한 사람이 저벅, 저벅 발걸음을 옮겼다.

느린 발걸음이었으나 그 여유가 지극히 잘 어울리는 남성.

영웅의 후예 17인, 토너먼트로 실력을 인정받은 23인 모두가 이견 없이 받아들인 남성.

랭킹 1위, 알렉산더 'The Great'는 교황의 앞에서 당당히 어깨를 펴고 섰다.

"저런 게 은근히 잘 어울린다니까. 안 그래요?"

"알렉산더의 컨셉이야 워낙 유명하지 않습니까."

"……이번 원정 중 반드시 약점을 파헤치고야 말겠다."

이하의 물음에 키드와 루거가 각자의 심정으로 답했다.

토너먼트 일반 참가자들은 말할 것도 없었고, 기존 확정됐던 유저들도 알렉산더를 인정하는 게 당연했다.

반발이 심할 거라 예상했던 루거와 이지원의 경우도 이번엔 별 말 없었다. 베일리푸스 없는 알렉산더의 본 실력을 겪어 보았기 때문이다.

'그래, 그 누구도 부정할 수 없는 거지. 이번 퀘스트에서 줄곧 힌트로 나왔던 것은 어떻게든 최종 1인이라도 도달하라는 내용이었어. 최악의 경우 모든 원정대원이 사망하고 원정대 선박이 완파되더라도 한 사람만은 도착해야 해. 즉, 생존력이다.'

교황은 가볍게 고개를 숙인 알렉산더의 머리에 손을 얹고 조용히 기도를 올렸다.

'그리고 생존력이라면 알렉산더가 누구보다 유리할 수밖에 없어. 베일리푸스가 있으니까.'

교황의 입이 움직임을 멈춘 순간, 40인의 유저 앞에 홀로 그램 창이 떴다.

[여명의 바다 너머]

설명 : "부담을 주기 싫으나 부담을 줄 수밖에 없는 나를 이해하시오. 이번의 항행이 실패하면 다음 신대륙 원정대 발족은 어찌 될지 알 수 없소. 수많은 자원이 필요한 항행을 밥 먹듯이 할 수는 없으니까. 따라서 그대들이 꼭 성공해야만 하오. 실패할 경우 우리는……. 다시 여명의 바다 저 너머에서 마왕의 조각들이, 그들의 수하를 이끌고 건너올 때까지 불안과 공포에 질려 기다리는 수밖에 없을 테니……. 아흘로의 가호가 그대들과 함께하길."

대륙 각국의 인력과 자원을 집결한 원정대의 발족 준비는 모두 끝났다. 지금 이 순간부터 기약 없는 항해를 위해 그대들은 떠나야만 한다. 수없는 난관과 정답 없는 선택이 여러분들을 기다릴지니…….

내용 :

1. 여명의 바다 上 마나 중계탑 건설

2. 전투요원 40인 중 1인 이상 신대륙 도착

3. 신대륙 內 마나 중계탑 건설

보상 : ??(목표 달성 개수에 따른 보상 변동)

실패 조건 : 2개 목표 이상 미달성 시

실패시 : 5 Lv. 하락(레벨에 따른 스탯 포인트 삭감)

스탯 포인트 추가 삭감 20개

업적-대륙의 좌절, 칭호-'인류의 희망을 꺾은' 강제 적용

— 수락하시겠습니까?

'역시 1인이라도— 아니, 이번엔 뭔가 다르다?!'

40인의 유저의 얼굴이 가지각색으로 변했다.

개중엔 퀘스트 내용을 이해하지 못한 자도 있었고, 무지막지한 실패 페널티에 경악한 자도 있었다.

'이번 퀘스트는 단계별 적용인 셈인가? 하긴, 중간보고 같은 개념이 없으니 처음부터 이렇게 줄 만하겠군.'

평소라면 A라는 행동을 하고 돌아와 보고하며 보상을 받은 후, B라는 퀘스트를 받아 진행하는 식이겠지만 이번엔 그런 게 불가능하다.

따라서 처음부터 목표 여러 개를 제시하고 그것들을 달성하라는 임무를 부여하는 것.

'40인은 전투 요원. 나머지 NPC들은 모두 마나 중계탑 건설 또는 항행에 필요한 인력일 뿐이다. 즉, 2번 목표가 실패하는 순간, 나머지 1, 3은 불가능한 거나 다름없지.'

항행 중 NPC들이 모조리 죽어 버릴 테니까.

따라서 이번 퀘스트의 절대 달성 조건은 전투 요원 40인 중 1인 이상이 반드시 살아서 신대륙에 도착하는 것이다.

　그 점은 이하와 다른 유저들이 알렉산더를 대장으로 내세운 이유와 부합했다.

　'가장 원활한 퀘스트 달성 루트라면 가는 중에 마나 중계탑을 건설하고, 그대로 무사히 가서 40인 중 1인 이상이 도착하는 것. 그렇게 하면 1번과 2번 목표가 달성이다. 우선 퀘스트 실패라는 최악의 상황은 넘기는 셈.'

　신대륙 내 마나 중계탑 건설이 실패한다면 성공 보상은 줄어들겠지만 실패 페널티는 피할 수 있다.

　그것만으로도 우선 안심되는 상황이었다.

　'아니, 안심은 아니지. 그 이후라면 마나 중계탑이 건설된 여명의 바다 중간 지점에서 다시 스타트 하는 제3차 원정대를 꾸려야 한다는 뜻일 텐데. 푸른 수염이 그전에 마왕의 조각들을 깨울지도 몰라. 역시 세 개 목표 모두를 달성한다는 각오로 움직여야 해.'

　이하는 마른침을 삼켰다.

　그만큼 난이도가 높은 퀘스트라는 생각이 들었다.

　실패할 경우 레벨 5개와 그에 따른 스탯 포인트 25개, 거기에 추가 스탯 포인트 20개까지 감소한다.

　단순 5레벨 다운 정도가 아니라 거의 레벨 10개 이상 하락에 가깝다는 뜻.

막대한 실패 페널티 때문에 퀘스트를 받아들이지 않는 유저가 있을까, 하는 것은 기우일 뿐이었다.

'원정대에 참여할 정도의 유저들이라면 당연히 알 테니까.'

난이도가 높은 퀘스트를 성공했을 때의 보상이 크다는 사실.

긴장과 불안은 있었지만 이 자리에서 퀘스트를 거절하는 사람은 없었다.

40인의 유저 모두가 수락 버튼을 눌렀을 때.

"이 땅을 위해, 그리고 인류를 위해 제2차 신대륙 원정대의 성공을 기원하며, 지금 이 순간, 신의 이름으로 원정대의 발족을 공인하겠습니다."

마침내 교황이 마지막 선언을 마쳤다.

와아아아아아————————————!

"인류의 희망을 꺾은 키드, 라고 불리는 것만큼은 피하고 싶습니다."

"동감이다. 교황 놈, 얼토당토않은 퀘스트를 내주는군."

"끙, 말이 좋아 2개 이상 실패지, 결국 셋 다 성공하지 않으면 퀘스트가 무의미해지는 거 아닌가?"

"키킷, 그러게요. 당연히 푸른 수염이 마왕의 조각을 깨우는 기간이나 속도 등과 연동되어 있겠지만……. 꽤 복잡해지겠는데요."

"저, 저는 그냥 동식물들 친밀도나 올리고 싶은 마음에 참여한 건데, 일이 엄청 크네요."

불안감을 지우기 위해 열심히 머리를 모아 보는 유저들.

알렉산더는 교황이 선 연단에서 내려와 39인의 원정대원을 둘러보며 입을 열었다.

"뭘 고민하고 있는 거지. 복잡하게 생각하지 마라."

주변의 환호로 시끌벅적했으나 알렉산더의 낮고 중후한 목소리는 원정대원들의 이목을 끌기에 충분했다.

복잡하게 생각하지 말라고?

단계별 퀘스트 목표와 변동 보상, 막대한 실패 페널티 등을 보면서?

그러나 알렉산더는 랭킹 1위다. 랭킹 1위의 힘이란 이럴 때 발휘되는 것이었다.

"전부 클리어하면 되는 것 아닌가."

복잡다단한 퀘스트조차 한 문장으로 정리해 버릴 수 있는 압도적인 힘을 내비치면서.

"베일리푸스."

화아아아아――――!

알렉산더가 말을 마치자 40인의 유저 옆에 서 있던 황금의 기사는 순식간에 폴리모프를 마쳤다.

유저들의 환호를 더욱 커지게 만들며, 알렉산더는 베일리푸스의 목 위로 올랐다.

"가자. 크라벤의 앞바다로."

페르낭이 이미 나눠 주었던 지정 장소 텔레포트 스크롤을 찢으며, 원정대원 전원의 모습이 사라졌다.

"우와아아……."

"미친, 이게 그- 배라고?"

"우주선 아님?"

"그, 그, 뭐냐, 엄청 긴 사거리 포 쓰는 선박도 이 정도는 아니었는데……."

원정대원 모두는 신대륙 항해용 선박을 보며 입을 다물 수 없었다.

해상 전투 당시 크라벤의 전열함을 봤던 이하조차도 놀랄 정도로 거대한 선박, 그러나 그 거대함에 맞지 않은 날렵함까지 갖춘 독특한 외형이 눈에 띄었다.

"캘버린 포 쓰는 전열함이요? 그거랑 비교하면 안 돼죠! 그건 어쨌든 '전투용' 선박일 뿐인데. 말 그대로 '모험용' 선박으로 특수 건조한 배랑 비교하면 되나요."

페르낭이 코 밑을 쓰윽 훔치며 자신 있게 말했다.

"그렇지! 제2차 인마대전의 마지막 전투 직전 파괴된 선박이 바로 이거라고! 마왕군 놈들은 여명의 바다 건너로 퇴각하기 위해 그전부터 준비는 하고 있었다는 소리지. 영웅의 후예랍시고 이거 복원하는 작업을 맡는 데 아주 등골이 빠져 뒤지는 줄 알았다니까! 거기다 이번엔 그거랑 똑같은 거 한 척을 더 만들어야 했으니 그냥 사람 미치고 팔짝 뛰는겨."

40인의 원정대원 중에는 크라벤 소속 인물도 몇이나 되었다.

전투는 물론이고 NPC들로만 선박 운용을 맡기기엔 통제할 수 없는 변수가 있을 것 같았기 때문이다.

그중 한 명이자 제2차 인마대전 영웅의 후예인 크라벤 소속 유저가 앞으로 나서며 입을 열었다.

"키킷, 아까부터 혹시나 했는데…… 역시 '후크' 선장이군요."

"누구예요, 비예미 씨?"

"크라벤 쪽에서 유명한 사략선장이에요. 뭐, 공인 받은 해적 정도? 퓌비엘에서 샤즈라시안으로 가는 물자 대부분이 육로를 통하게 된 이유 중 하나가 저 인간 때문이죠. 군소 도서島嶼를 근거지로 하는 해적 유저들이나 NPC 해적까지 모조리 흡수했다고 들었는데……."

"그런 사람이 영웅의 후예라고요?"

"킷킷, 재미있죠? 어쨌든 겉으로는 사략선, 즉, 크라벤 왕국의 허가를 받은 자니까 문제는 없는 거죠."

이하는 문득 퓌비엘의 해군들이 크라벤을 보며 왜 무식한 해적놈들이라고 하는지 알 것 같았다.

영웅의 후예라면 제2차 인마대전 당시 해당 국가의 해당 직업군에서 특출 난 활약을 보인 자들을 일컫는 말이다.

'근데 사실상 해적이나 다름없는 사람도 있다니……. 허, 참.'

크라벤 측 참가 인원은 총 여섯.

영웅의 후예인 '후크' 외 토너먼트 참가자들 대부분도 해양과 관련된 직업을 갖고 있다.

"그럼 어떻게 탑승하죠? 선박은 두 척인데."

누군가의 질문에 금방 선착장 주변이 시끄러워졌다.

나눠서 타야 한다는 건 알았지만 인원 배분은 어떻게 할 것인가?

"비슷한 전력이 되게끔 나눠야 하지 않겠어요? 가는 길에 어떤 적이 나올지 모르는데."

"그냥 마음 맞는 사람들끼리 합시다! 가는 길에 어떤 적이 나올지 모르는데 처음 손발 맞추는 인간들이랑 어떻게 싸우라고?"

"국가별로 타는 건 어때요? 그게 더 낫지 않을까요?"

"그거 좋네! 연합끼리 탑시다, 연합끼리! 40명 중 퓌비엘 16명, 미니스 13명, 샤즈라시안 4명, 크라벤 6명, 에즈웬 1명이니까! 퓌비엘-샤즈라시안 해서 20명 타시고, 미니스-크라벤 19명에 에즈웬 꼽사리 하나 해서 20명. 나누면 딱이잖아?"

"그랬다가 근접 딜러들이 많은 선박은 습격에 취약하게 될 텐데…….”

“또 있어요! 안에 NPC들도 있는데 유저까지 국가별로 나눠지면? 인류 연합이 아니라 각국별 이익만 따지게 되는 행태들이 벌어질 거라고요! 그런 경쟁이 아니라 한 팀이 되어야만-”

“세상에 그런 게 어디 있어요? 어떻게든 도착만 하면 되지! 우리의 절대 목적은 인류 대평화가 아니잖아요? 마나 중계탑 건설과 신대륙 도착! 그 목적을 달성할 가능성이 가장 높은 조합을 짜야죠!”

원정대원이 옥신각신 의견을 나누기 시작했다.

아직 출발도 하지 않았건만 고작 ‘탑승 인원을 어떻게 나눌 것인가’ 하는 문제 하나 가지고도 이렇게나 많은 생각들로 갈리고 있었다.

“끄응, 곤란하게 됐네.”

이하 또한 언성을 높이는 유저들을 골고루 살피며 의견을 들었다.

나름대로의 근거가 있는 말들이므로 쉽게 일축할 수 없는 상황. 자연스레 유저들의 눈이 알렉산더에게 몰릴 수밖에 없었다.

갈등을 조정해 주는 것 또한 리더의 역할이니까.

“어쩔까요, 알렉산더 님?”

페르낭이 물었다.

"한 척은 미니스의 것, 한 척은 퓌비엘의 것이라 들었는데 맞소?"

"아, 네. 아까 저— 후크를 비롯한 크라벤 유저들이 두 척 다 건조한 거지만 퓌비엘과 미니스에서 각각 자금을 대서 한 척씩 구입한 셈이니까요."

소유권 자체는 대륙의 양강 국가에 있다는 뜻.

알렉산더는 그 말을 듣고 고개를 끄덕였다.

"알겠소. 리스트를."

페르낭이 원정대원들의 이름이 적힌 리스트를 건네자 알렉산더는 베일리푸스를 바라보며 무언가 얘기를 나누었다.

그 모습을 보며 이하는 약간의 안심이 되었다.

'단순히 랭킹 1위여서 원정대장 자리에 앉힌 게 아니지. 365일 24시간 도우미 NPC격인 베일리푸스가 곁에 있는 게 가장 크다.'

[뀨뀨!]

"끙, 블라우그룬 씨가 에인션트급이었으면 그냥 우리가 하겠다고 나서도 됐을 텐데 말이죠."

[뀨?]

"아뇨, 아뇨. 됐습니다."

같은 드래곤이지만 아직 대화도 통하지 않는 자신의 해츨링에 비하면, 저 골드 드래곤의 위용은 얼마나 믿음직스러운지.

블라우그룬과 장난을 치는 사이, 어느새 알렉산더는 베일리푸스와 토의를 마쳤다.

"좋소. 이렇게 하지. 첫 번째. 유사 직업군을 각 선박에 동등하게 나눌 것. 두 번째. 서로 손발이 잘 맞는 사람끼리 묶을 것. 세 번째, 가급적 소속국을 섞되 어쩔 수 없이 한쪽 국가가 많아질 경우, 상대편 선박에 탈 수 있도록 편성했소."

"합리적이다!"

원정대원 중 누군가가 소리쳤다.

최대한 두 선박의 전력을 동등하게 짜면서도, 자신의 국가만을 위한 이기적인 행태를 방지하겠다는 뜻.

알렉산더의 결정은 막말로 신대륙을 앞둔 최악의 상황을 염두에 둔 것이었다.

'모든 난관을 헤친 후 나올 진짜 난관……. 상대편 배를 침몰시켜 버리고 한쪽 연합이 신대륙의 이권을 독식하려 할 수도 있다는 것.'

마왕의 조각이 눈앞에 있다고 하여 정말 순진하게 손을 잡을 것인가? 그렇지 않을 확률이 높다는 건 이미 모두가 알고 있다.

따라서 최소한의 보험이라도 들어 두는 게 마땅한 일이었고, 그런 의미에서 알렉산더의 조 편성엔 이견이 없었다.

"지금부터 호명하는 자는 미니스의 선박에 탑승하시오. 1번, 하이하—"

이하의 이름을 시작으로, 미니스 선박에 탑승할 스무 명이 추려졌다.

이하가 다짜고짜 미니스 소유의 선박으로 배정되었다는 뜻은?

알렉산더의 선발기준이라면 이하가 함께 할 사람들은 상당수가 퓌비엘 소속, 즉, 이하에게 익숙한 사람들이라는 뜻이었다.

'좋았어.'

따라서 이하가 속으로 쾌재를 부르는 건 당연했다. 배에 오르기 전까지만 해도 말이다.

줄사다리를 타고 낑낑 기어오른 여명의 바다 횡단용 선박에서 이하가 가장 먼저 마주한 사람은 의외의 인물이었다. 아니, NPC였다.

"오랜만이군. 퓌비엘의 머스킷티어, 하이하."

"어, 어어어, 어어-"

미니스는 크라벤과 동맹국이다.

그리고 이번 신대륙 원정을 위해 크라벤이 연합적 측면에서 제공한 것은 항행 능력. 따라서 미니스 소유의 선박에서 크라벤의 인물이 배를 운용하는 것은 딱히 이상할 것 없는 모습이었다.

모든 유저는 전투 요원이고 NPC들이 선박을 운용한다.

그렇다면 미니스 소유의 선박을 운용할 크라벤 측 최고 인물은?

간단한 추측거리였다.

"─드레이크 사령관!"

이하는 자신의 코트자락을 가볍게 여미며 외쳤다.

절대 벗어 줄 수 없다는 태도로.

좌아아앗─ 좌아아아──!

항구를 떠난 배들은 금세 속도를 붙이기 시작했다.

이하가 타고 있는 미니스 소유 선박의 선장은 크라벤의 NPC, 드레이크. 풍랑을 최고로 이용할 줄 아는 자였다.

물론 그 속도에 지지 않고 따라붙는 퓌비엘 소속의 선박도 있었다.

크라벤 쪽에서 드레이크를 보낸다면, 퓌비엘 쪽에서 대항할 수 있는 NPC는 애초에 몇 명 되지 않았다.

"설마 버크 사령관이 저쪽 선장일 줄이야."

"시끄러운 아저씨."

이하가 고개를 저으며 건너편 선박을 바라보자 옆에 있던 람화정이 거들었다.

"NPC 버크뿐이 아닙니다. 소동을 일으키는 거라면 누구에게도 지지 않을 사람도 저쪽에 있으니……."

그 람화정 뒤에 선 키드가 모자를 눌러쓰며 고개를 저었다. 심히 걱정된다는 그 태도로 지칭하는 인물이 누구인가.

-이, 이하 씨! 루거 이 사람 미친 거 아녜요? 처음 보는 유저들한테 갑자기 싸우자고 막-

-너무 감정적으로 대응하지 마시고, 그냥 무시하세요.

-아까는 저한테도 싸우자고 난리였단 말예요! 랭킹을 빼앗네, 마네, 하면서…….

-알렉산더한테 얘기하면 조용해질 거예요. 한 번 상대해 주면 끝없으니까 최대한 무시하셔야 합니다.

-지금 페이우 씨가 같은 퓌비엘 사람으로서 그냥 두고 볼 수 없다며 나서는 상태예요. 왜 여기는 이런 사람들만 탄 건지 모르겠다고요!

때마침 이하에게 들어오는 신나라의 푸념만 들어도 알 수 있었다.

이하와 유사 직업군으로 분류되어 퓌비엘 선박을 타게 된 퓌비엘 소속의 루거.

퓌비엘 선박에 탑승한 대다수가 미니스 측 유저였음에도 그는 기죽지 않았다.

기가 죽기는커녕, 오히려 물 만난 고기처럼 그들에게 시비를 걸고 있는 상황이라니.

'대단한 놈이긴 하다니까. 쩝, 퓌비엘 감찰관 역으로 나온 나라 씨가 어쩔 수 없이 퓌비엘 선박에 타야 하므로 같이 못 가는 게 조금 아쉽네.'

이하가 한숨을 내쉬자 그의 뒤로 슬쩍 누군가가 다가왔다.

"형!"

"왓! 기정아! 그리고 보배 씨."

"흐흐, 아까 코트 뺏기고 나라 잃은 표정이더니, 코트 되찾았는데도 표정이 별로네?"

"어머, 기정 씨, 그거 개그예요? 풉, 실제로 '나라'가 없으니 표정이 안 좋은 것 같은데."

"엣헴, 이게 요즘 유행하는 힙합 식 말장난입니다."

기정과 보배가 쿵짝을 맞추며 이하를 놀렸다. 황당한 그들의 대화를 들으며 이하는 고개를 저었다.

"아! 근데 코트는 어떻게 받았어?"

"말도 마라. 신대륙 도착하면 드리겠다고, 지금 이거 아니면 입을 옷 없다고 통사정을 해서 잠깐 받은 거야. 휴우우……. 언젠가 이런 날이 올 줄 알았다만."

흥정 스킬이고 뭐고 아무것도 통하지 않았다.

신대륙 원정의 첫 번째 난관이 설마 드레이크의 코트 되찾기일 줄 누가 알았을까.

'그나마 대륙 명성이 예전보다 상승했으니 다행이었지. 아니었으면 어림없었을 거야.'

드레이크는 이하를 은근히 반가워하면서도 한 치의 망설임도 없이 코트를 받아 가려고 했다.

[뉴-서펜트호의 페르낭이 전파합니다. 현재 청새치 호와 뉴-서펜트 호는 크라벤 앞바다에서 극동을 향해 순항 중이며, 각 선박 선장님들의 기술 덕에 일몰 직후 크라벤의 영해를 벗어날 수 있으리라 추정됩니다. 일몰 이후, 그리고 영해를 벗어난 이후부터 각 선박 정찰조 여러분의 정찰이 시작되어야 하니 그때까지 편히 쉬시며 준비 부탁드리겠습니다.]

[본 항해 예정 일자는 대략 60일 전후, 제가 1차 신대륙 원정 당시, 마지막 회선했던 지점까지 약 50일가량 가야 하며, 그 지점에서 보는 시야 끝자락에 육지 비슷한 게 걸쳤었습니다. 만약 그게 정말 신대륙이라면 60일 전후로 본 항행은 끝날 것입니다.]

확성 마법을 사용한 페르낭의 목소리가 대해의 여유 공간을 메웠다.

'돛새치 호에서 기껏 업그레이드 한 이름이 청새치 호야? 진짜 버크 사령관 센스 하고는…….'

서펜트 호에서 업그레이드 된 게 뉴-서펜트 호인 것도 별로 칭찬할 건 아니었지만, 이하는 NPC들의 네이밍 센스를 비웃으며 페르낭의 외침을 다시 한 번 되뇌었다.

모두가 들뜨기만 하고 여유로운 항해의 첫 번째 날.

앞으로 벌어질 일들에 대해 생각하던 그들 중 그 누구도, 페르낭이 외친 말 속에 숨어 있는 불안함을 눈치챌 수 없었다.

[어떠냐, 드레이크! 내 솜씨엔 못 당하겠지?! 크하하핫! 동급의 배를 몰 때 실력이 티가 나는 법이라고!]

청새치 호가 뉴-서펜트 호를 앞서자 버크의 목소리가 파도를 가르며 들려왔다.

"……진짜 왜 저러시나 몰라."

같은 퓌비엘 소속인 이하가 약간 부끄러워질 정도의 유치한 도발이었다.

"나라가 불쌍해요. 저 배에서 얼마나 시달리고 있을까……. 선장도, 구성원도 제대로 된 사람이 절반이 안 된다며 울부짖던데……."

보배는 일정 간격 떨어진 청새치 호를 보며 고개를 가로저었다.

어느 순간부터 신나라에게서 아무런 귓속말도 오지 않고 있는 상황, 그녀가 얼마나 바쁘게 뛰어다니고 있을지 이하도 능히 추측되었다.

"그에 비하면 우리 쪽 선장은 진짜 선장 같다. 그치, 형? 근엄하고, 옷차림도 멋있고."

기정은 버크의 유치한 도발에도 콧방귀도 안 뀌는 뉴-서펜트 호의 선장을 바라보았다.

"저런 옷도 있으면서, 그냥 이 코트는 선물로 주지 말이야. 쪼잔하게. 또 [대여] 딱지가 붙어 있다는 게 좀 아쉽네."

"쩝, 그러게. 그걸 돌려줘야 한다는 건 아쉽긴 하다. 차라리- 으엇?!"

순간, 뉴-서펜트 호가 기우뚱, 속도를 높였다.

바람의 변화도 없고 노를 젓지도 않는 배가 가속을? 물론 원인은 하나밖에 없었다.

[따라올 테면 따라와 봐.]

드레이크가 스킬을 사용한 것.

"……멋있다는 말 취소. 무슨 선장들이 이렇게나 감정적인지."

"그러게 말입니다."

그 와중에 확성 스킬까지 써 가며 다시 버크를 도발하는 그의 태도엔 페르낭이 이마를 칠 정도였다.

로그아웃 로테이션까지 조율을 마친 신대륙 원정대의 항

해는 아직까진 아무런 문제가 없었다.

낙조가 바다를 빨갛게 물들일 시간이 다 되어 가자, 곳곳에 늘어져 있던 그들이 다시금 무기를 정비하는 모습만 봐도 알 수 있었다.

"확실히 경험이 많은 사람들답게 할 때는 하는군요."

미들 어스의 온갖 함정을 뚫으며 살아왔던 사람들이다.

페르낭이 점심경 말했던 '일몰 후 정찰 및 사주경계'에 대한 언급을 잊은 사람은 없는 듯 보였다.

페르낭은 알렉산더와 귓속말을 주고받으며 각 선박의 인원들에게 임무를 부여했다.

[뉴-서펜트 호의 주술사 은천 님, 청새치 호의 조각가 로댕 님. 각 선박 선수 및 메인마스트 상부에 서치라이트 기능 설치해 주세요. 가급적 밤새 지속될 수 있는 것으로 부탁드립니다.]

이하는 조각가라는 직업을 듣고도 놀라지 않았다.

'미니스 쪽 토너먼트에서 꽤 높이 올라갔던 사람이라고 했어. 주술사가 토템을 쓴다면, 조각가는 자신이 만든 조각으로 토템의 효과를 내는 셈.'

페르낭의 지시가 떨어진 지 얼마 되지 않아 각 선박의 곳곳에 거대한 광원들이 설치되었다.

단순한 공격 외에도 유틸리티 성 스킬이 있는 게 저 직업들의 특기다.

페르낭은 만족스런 표정으로 다음 지시를 내렸다.

[설치가 완료되는 대로 교대 정찰 시작해야 합니다. 하늘은 당연하고 바다 속의 얼룩까지 살펴 주셔야 하니 꽤 집중력이 필요할 거예요. 뉴-서펜트 호의 드루이드 징겅겅 님, 청새치 호의 테이머 용용 님 첫 번째 정찰 부탁드립니다.]

"과연. 저쪽에선 테이머인가."

청새치 호에서는 매처럼 보이는 새 한 마리가 급격히 공중으로 치솟아 올랐다.

"키킷. 어떤 의미에선 사람이 보는 것보다 낫겠죠. 그래도 징겅겅 님, 파이팅! 지면 안 돼요!"

비예미가 이하의 곁에 앉아 실실 웃으며 소리쳤다.

징겅겅은 키 근처에서 우물거리며 마법을 캐스팅하고 있었다.

드루이드인 그를 이 원정대에 합류시킨 이유 중 하나가 지금 막 증명되려 하고 있었다.

"으음, 조만간 해가 질 테니……. 폴리모프 : 나이트호크!"

슈아아악-!

드루이드가 선택한 것은 올빼미 목 쏙독새의 일종인 나이트호크.

본인의 모습을 어둠 속에 감추기도 좋고, 올빼미 목 야행성답게 밤눈도 매우 좋으며 비행이 빠른 새다.

"크으으, 잘한다! 고생해요, 징겅겅 씨!"

삐이이익————!

징겅겅은 이하의 응원에 답하듯 소리치며 급상승했다.

"이제 크라벤의 영해도 벗어났습니다! 공중 정찰 외에도 하방 공격에 대비해야 하니, 각 유저 분들은 일정 간격으로 선박 주변을 살펴 주세요!"

알겠습니다!

바다에서 해가 떨어지는 것은 순식간이었다.

노을이 얼마 보이지도 않았건만 이미 해는 물속으로 들어가 버리고, 이젠 인공적으로 만든 빛에만 의지해야 하는 신대륙 원정대.

빛이 없다면 한 치 앞도 제대로 보기 힘든 새카만 바다는 그 끝을 가늠할 수 없었다.

공중에서 보기엔 하얀 점 하나가 새카만 도화지 위에서 너울너울 흔들리는 모습으로 보일 뿐이다.

쏴아아아——— 쏴아아———!

거대한 선박이 파도를 부수며 나아가는 소리를 들으며 모두가 각자의 무기를 매만지고 있었다.

일몰 이후 자정까지, 어둠을 헤치며 나아가길 여섯 시간이 더 지나고 나서야 최초의 울음소리가 들려왔다.

삐이, 삐이이이이익————!

"응? 징겅겅 씨?"

하늘을 올려다본 이하에게 징겅겅의 모습은 보이지 않았다.

그러나 그 울음소리가 뜻하는 게 무엇인지는 금방 알 수 있게 되었다.

"선수 측 전방에서 해수 등장! 조명! 조명!"

"서치라이트 방향 변경, 선수 전방."

페르낭이 징겅겅의 귓속말을 듣고 즉각 지시를 내렸다.

애당초 서치라이트를 설치했던 유저들과 드레이크의 명령에 따르는 NPC들이 그 빛의 방향을 바꾸자, 마침내 뱃머리 저 너머에서 튀어 오르는 물보라가 유저들의 눈에도 들어왔다.

"우왓, 대박!"

"헐……. 저게 그 무슨 몬스터라던 그건가?"

"해수海獸라고 해 봐야 거친 물고기 같은 느낌인 줄 알았습니다. 설마 저런 류의 몬스터도 있을 줄이야."

이하와 기정, 그리고 키드가 한 마디씩 감탄을 할 수밖에 없는 몬스터였다.

바다 위에서 달려오고 있는 것은 대략 5m 크기의 목도리도마뱀들.

어둠 속에서 두 발로 선 채 수면을 스치듯 달리는 녀석들의 수는 가늠키도 힘들었다.

"접근 못하게 막아야 합니다! 수병들 캐논 좌, 우 포구 열어, 장전 개시! 시야에 들어오면 즉각 발포!"

화아아아아아————!

뉴-서펜트 호의 페르낭의 외침과 동시에 청새치 호에서 금색의 빛이 폭발적으로 뿜어져 나왔다.

베일리푸스까지 드래곤으로 다시 모습을 바꾸며, 신대륙 원정대는 첫 번째 해수와 마주하게 되었다.

[녀석들이 배에 부딪치게 둬선 안 돼요, 그 충격으로 구멍이 날 겁니다! 그리고 옆으로 올라타게 해도 감당하기 힘드니까 가급적 오기 전에 처리해야 해요! 마법사 여러분들은-]

[말이 많다, 페르낭. 우리 원정대는 그리 약하지 않으니 호들갑 떨지 말도록.]

끼리리리릿——————!

[이 정도를 '고비'라고 부르는 사람은 없을 터.]

서치라이트를 설치한 유저들조차 어디를 비춰야 할지 모를 정도로 많은 수가 달려들었지만 알렉산더는 침착했다.

[전원, 전투 개시.]

펄럭——— 펄럭———!

베일리푸스를 타고 하늘로 날아오르는 알렉산더의 손엔 어느새 빛의 창이 쥐어져 있었다.

처음 보는 몬스터에, 익숙지 않은 수상 전투였지만 랭킹 1위이자 원정대장의 모습은 얼마나 듬직한가.

"얼마나 강한지는 모르겠지만, 일단 보이지가 않는다고! 서치라이트 좀 제대로 조절해 주세요, 은천 님!"

"말처럼 쉬운 게 아니에요! 저 자식들 속도도 속돈데 퍼지면서 달리기 때문에-"

개룡이 당장이라도 창을 집어 던지기 위해 자세를 취했으나 은천은 여전히 헤매고 있었다.

그들의 뒤에서 나선 것은 수정구를 들고 있는 여성 유저였다.

"보이게 해 드릴게요."

"푸핫, 보이게 해 준다고? 아줌마 눈은 보이고? 뭔 안대를 차고 있어?"

샤즈라시안 소속의 자이언트 유저 하나가 마치 안대처럼 천으로 눈을 덮고 있는 그녀를 보고 비웃었으나, 그녀는 대꾸 없이 차분하게 수정구를 들어 올리며 캐스팅을 마무리했다.

"저 안대에 그려진 문양……. 본 적 있어. 저 새빨간 보석 같은 문양-"

"오라클…… 오라클 유저 중에 가장 유명한 여자잖아! '닥터 둠', 미스 루비니다!"

다른 원정대원들이 그녀를 막 알아보았을 때, '닥터 둠'의 캐스팅이 끝났다.

"〈에어리어 매핑Area mapping〉."

후와아아앗············.

빨간 빛과 함께 뉴-서펜트 호의 중앙에 거대한 홀로그램 지도가 생성되었다.

그러나 그 빨간 지도는 일반 지도와는 격을 달리했다.

"헐······ 뭐야, 이건 또? 이게 지도야?"

"대박! 이게 오라클 유저구나."

"보통 오라클이 아니지, '닥터 둠', '파괴를 예고하는 자'의 지도라고!"

얌전한 외모와 달리 끔찍한 별명이었다.

'파괴를 예고하는 자' 닥터 둠. 미래를 예견할 수 있는 직업인 오라클 직업군 영웅의 후예!

그녀가 만들어 낸 지도는 무려 몬스터들의 위치를 낱낱이 알려 주고 있었다. 물론 단순한 위치 표기 따위가 아니다.

어디서부터 달려오는지는 물론, '어디로 달려갈지'의 예측까지 한다는 게 그녀가 저런 무시무시한 별명을 갖게 된 이유였으니까.

"오케이. 먼저 갑니다! 〈게이볼그〉!"

후우우욱, 팔뚝이 터질 것처럼 팽창된 개룡이 지도를 확인하며 투창을 집어 던졌다.

그저 파도치는 바다를 향해 창을 내던진 것인가?

투곽-!

"끼리리리릿-!"

그럴 리 없었다.

"지도 쩌는데?! 대박입니다!"

아무것도 없는 바다를 향해 날아가던 창에 마치 스스로 몸을 던지듯 목도리 도마뱀 해수가 부딪쳤다.

지도에 나온 움직임 예측이 정확히 맞아떨어진 것만큼, 그 예측지점을 향해 정확히 던진 개룡의 실력이 돋보이는 한 방이었다.

"끄으음, 빡빡이 팬더 님? 밖으로 나갈 거죠?"

"물론입니다."

"저쪽에서 우리 형이랑 페이우 님도 나간다니까, 우리도 한 팀으로 움직입시다."

새하얀 분을 얼굴에 칠하고, 눈매만 새카만 화장을 한 무도가, '빡빡이 팬더'. 그의 옆에서 몸을 푸는 것은 역시나 대머리 유저였다.

"푸웁- 빠, 빡빡이 둘이서-"

"뭐? 이건 빡빡이가 아니고 커스터마이징이에요! 내가 원래 얼마나 머리털이 많은데! 크흠, 준비되셨죠? 〈경면주사鏡面朱砂〉!"

파아아아앗-!

커스터마이징이라 우기는 대머리 유저가 허공을 향해 손짓했다.

너풀너풀한 그의 옷자락에서 튀어 나간 것은 새빨간 가루들이었다. 그 가루들을 향해 유저는 마치 춤을 추듯 움직였다.

"〈신속부符〉, 〈강화부〉, 〈결계부〉!"

휘이익, 휘익, 휘익!

허공에 뿌려진 새빨간 가루들은 일정한 모습으로 모이고, 흩어졌다.

다른 유저들이 놀라고만 있을 때, 이하와 기정 등 아시아 유저들은 그게 무엇인지 즉각 알아볼 수 있었다.

"부적이구나?!"

"강화하는 모습은 나도 처음 봤네. 역시 이름값 한다니까, '무 도사'……."

노란 종이는 없었지만 기괴한 문양들은 부적에 그려진 바로 그것들!

아웃사이더 '무 도사'의 부적은 '빡빡이 팬더'와 그 자신의 몸을 휘감으며 빛을 발했다.

"갑시다!"

"나쁘지 않군."

파앗, 파앗-! 두 명의 유저는 순식간에 배 밖으로 몸을 날렸다.

"어, 어어어!? 무슨 짓이에요!"

"미친, 이 와중에 떨어지면 구할 수도 없는데─"

걱정과 근심 섞인 외침은 곧 안도와 감탄으로 바뀌었다.

파파파파파파──────!

무지막지하게 튀어 오르는 물보라와 함께.

"구할…… 필요도 없겠네."

빡빡이 팬더와 무 도사는 바다 위를 달리는 도마뱀들을 향해 마주 달리고 있었다.

그러나 두 사람뿐이 아니다. 청새치 호에서도 페이우와 배추 도사가 튀어나와 바다 위를 달리고 있었으니…….

"판다!"

"페이우 님!"

수상水上 질주를 하던 두 무도가는 서로 엇갈려 달리며 목도리 도마뱀들을 향해 속도를 내었다.

170cm 전후밖에 안 되는 두 사람이 5m가 넘는 목도리 도마뱀들을 향해 달리는 셈이었지만 불안해하는 사람은 없었다.

"수상질주라면 우리의 특기! 〈질풍각〉!"

"〈질풍각〉!"

더욱 속도를 높인 두 무도가는 도약하여 목도리 도마뱀들의 머리 위를 향했다.

"끼리리릿─ 캬아아아아아!"

"캬아, 캬아아아아아─!"

피막을 펼치며 울부짖어 댔지만 이곳은 육지가 아니다.

수상에서 함부로 속도를 줄이거나 방향을 전환하는 것은 몬스터들로서도 불가능한 일이다.

자칫하다간 저 깊은 바닷속으로 빠져 버릴 수도 있기 때문이다.

"그리고 우리가 노리는 것이 바로 그거지. 〈중량부〉."

"〈중량부〉!"

목도리 도마뱀들의 머리 위를 뛰어다니며 시선을 끄는 두 사람의 무도가를 향해, 두 사람의 도사가 허공에 부적을 그려 넣었다.

쿠우우우웅─!

겉보기에는 아무런 변화도 없었다.

페이우와 '빡빡이 팬더'의 움직임은 여전히 날렵했다.

"합!" "하앗─!"

그러나 부적의 효과가 적용된 후, 그 발에 닿는 목도리 도마뱀들은 결코 그렇게 느끼지 않았을 것이다.

"끼릿?"

"캿─!? 캬아아─르르륵……."

스킬 〈중량부〉의 효과는 대상의 움직임 자체는 유지한 채, 대상이 다른 생명체에 닿을 때에만 그 무게를 50배 증가

시키는 것.

순식간에 몸무게가 50배 이상 불어난 페이우와 '빡빡이 팬더'의 가벼운 발걸음은 이제 전혀 가볍지 않게 되었기 때문이다.

공격도 아니고 그저 머리를 밟고 한 걸음, 또 한 걸음 무도가들이 뛸 때마다, 목도리 도마뱀들은 바닷속으로 가라앉고 있었다.

육지와 같은 움직임을 보이면서도 해상이라는 특징을 활용한 네 사람의 연계 플레이는 환상적이었다.

Geschoss 7

"기정아."

"응?"

"……이 멤버로 신대륙에 못 가는 게 더 이상하지 않을까?"

"그러게 말이야."

해수들의 첫 등장에 황급히 탄창을 끼웠던 이하도 그저 얼빠한 표정으로 주변을 바라보는 게 전부였다.

하물며 원거리 공격이 아예 불가능한 기정은 그냥 손을 놔버려도 된다는 생각마저 들 정도다.

"뭘 그렇게 놀고만 있습니까. 우리도 쉬어선 안 됩니다."

"맞아, 케이. 우리라고 질 순 없잖아?"

그런 그들을 향해 잔소리꾼들이 다가왔다. 이하의 잔소리꾼은 키드와 기정의 잔소리꾼은 혜인이었다.

"키드? 당신도 놀고만 있으면서 무슨."

"형님? 세이지가 그렇게 가만히 계셔도 돼요?"

이하와 기정이 고개를 갸웃거렸지만 혜인과 키드는 웃음으로 답했다.

"안 그래도 그것 때문에 방금까지 키드 님과 얘기를 나눴거든. 키드 님, 준비되셨죠?"

"제 총에 준비는 필요 없습니다."

혜인이 지팡이를 들며 스킬의 캐스팅을 시작했다. 그 모습을 보며 키드가 고개를 끄덕였다.

'준비라고? 이 두 사람이?'

다른 유저들의 활약을 보면서 놀고만 있을 사람이 아니라는 건 이하가 더욱 잘 아는 사실이다.

그러나 무엇을 준비했단 말인가.

엄밀히 말하면 키드와 혜인은 오늘 처음 보는 사이라고 해도 과언이 아니다.

국가전을 비롯하여 몇 번 정도 스친 경험은 있지만 대화한 번 안 해 본 두 사람이 과연 어떤 계획을 짠 것인지 궁금했다.

이하가 이들의 조합을 생각하며 궁리하고 있을 때, 혜인의 캐스팅이 막 끝이 났다.

"좋아요. 그럼 날려 드릴게요. 〈리버스 그래비티〉!"

팡-! 마치 쏘아지듯 키드의 육체가 뒤집혀 하늘로 솟구쳤다. 마치 사람을 집어 던지는 것 같은 거대한 힘이었다.

"우와아아앗?! 키, 키드?!"

"형님! 키드 님을 저렇게 해 버리면—"

"그게 우리의 작전이야. 집중해야 하니까 잠시만 비켜 줄래?"

세이지 혜인의 몸으로 연보라색 알갱이들이 다시 들어가고 있었다.

'그렇지. 단순히 날리기만 할 리가 없어. 혜인이라면 공간 마법의 대가니까.'

아직도 공중으로 날아가고 있는 키드와 캐스팅을 하는 혜인을 보며 이하가 마른침을 삼켰다.

중력을 뒤집어 하늘로 띄운다.

그 후에 또다시 공간 마법을 건다는 얘기는?

"〈스페이스 그랩〉."

혜인은 지팡이를 땅으로 내리꽂으며 캐스팅을 끝냈다. 콰악!

공중에 뜬 키드는 보이지 않는 손에 잡힌 사람처럼 덜컥, 멈춰 버렸다.

붙잡기? 그러나 이하가 생각한 붙잡기 마법 따위와는 격이 달랐다. 단순히 멈추게 하는 것은 '홀드' 마법 정도로도 충분하다.

세이지 혜인은 과연 공간 스킬에 관한 미들 어스 1인자였다.

"후우, 자! 갑니다, 키드 님!"

혜인은 무려 자신의 지팡이를 슬슬슬 앞으로 기울이기 시작했으니까.

"설마……."

"무슨…… 이런 마법을……."

이하와 기정이 당황하는 것도 당연했다.

지팡이가 기울어지는 방향으로, 공중에 뜬 키드의 육체가 서서히 이동하는 모습을 보면서 대체 무슨 반응을 할 수 있단 말인가.

"이게 무슨 인형 뽑기야?!"

컨트롤러 : 혜인, 크레인 : 키드?!

그러나 키드는 힘없는 인형 뽑기의 크레인 따위와는 차원이 달랐다.

공간 마법에 붙잡혀 안락한 표정을 짓고 있는 키드가 자신의 코트를 펄럭일 때, 키드가 건져 낸 것은 허접한 인형 따위와 비교할 수 없는 성과였다.

"멈추지도 못하고, 이곳까지 점프도 할 수 없는 불쌍한 바다의 짐승들이여―"

"캬아아아아아―"

"―해저에서 편히 잠드시길 바랍니다."

타다아아아아―――――!

한 발처럼 이어지는 긴 총소리가 끝나기도 전, 풍덩, 풍

덩, 풍덩, 목도리 도마뱀 해수 다섯 마리가 순식간에 바다 밑으로 처박혔다.

"후우……."

키드는 〈크림슨 게코즈〉의 실린더에서 나오는 화약 연기를 가볍게 불어 냈다.

그 자신의 컨셉에 제법 만족하는 표정이었다.

"미쳤어. 다들 무슨-"

콰아아아아아아앙————————!

"우왓, 저건 또 뭐야?!"

"루거네."

청새치 호에서 갑작스레 들려온 굉음과 먼 바다에서 분수처럼 치솟는 물보라에 기정이 화들짝 놀랐으나 이하는 덤덤했다.

자신보다 더 활약하는 자는 인정할 수 없다고 주장하듯, 공중의 베일리푸스&알렉산더 못지않게 청새치 호의 선수에 선 루거의 포도 불을 뿜었다.

'우리 쪽이야 '닥터 둠'이라는 영웅의 후예 오라클이 있

으니 몬스터들을 본다지만− 저쪽에선 누가 그 역할을 하는 거지?'

근거리까지 달려온 목도리 도마뱀 해수들은 이미 상당수 죽었다.

그러나 먼 거리에서 또다시 엄청난 숫자가 다가오고 있었고, 현재 루거가 쏘아 맞추는 몬스터들은 바로 그 무리였다.

마나 투시를 쓴 이하의 눈에도 아른아른 그 흔들림이 보이는 거리건만, 아무리 장애물이 없다 하더라도 루거가 직접 보고 쏴 맞추기엔 제법 난이도가 있으리라.

'뭐 어쨌든 누군가가 하겠지. 다들 예상치도 못한 곳에서 자신들의 힘을 발휘하는구만.'

이하는 고개를 절레절레 저었다.

'저쪽 배'에서 누가 활약하는지 신경을 쓰기엔, '이쪽 배'에서 활약하는 사람들에게 신경 쓸 시간도 부족했다.

"오라클이 있으니까 운전이 이렇게나 편해지는군. 드레이크 선장님! 키 스타보드, 꺾겠습니다!"

"음."

크라벤 출신의 해적 유저 하나가 키를 잡은 NPC 곁에서 드레이크를 향해 외쳤다.

이미 드레이크와의 커뮤니케이션이 익숙한 듯, 유저는 키를 조종했다.

우현− 포오오오오− 발사!

그 와중에 배 아래에서 커다란 목소리가 뿜어져 나왔다.

쾅, 쾅, 쾅, 쾅, 쾅————!

크라벤 출신의 또 다른 해적 유저는 포실로 내려가 NPC들을 지휘하기 시작했다.

모든 유저들은 자신들의 실력을 마음껏 뽐낼 수 있는 곳을 찾아가 해수들을 상대하고 있었다.

'심지어 이게……. 눈에 띄는 몇몇이 있었다지만 실제로 40인 모두가 전력을 발휘한 건 아니야.'

영웅의 후예는 17인, 토너먼트 참가자는 23인으로 이루어진 40인의 원정대다.

이 중 유독 눈에 띄는 도사 형제나 키드, 루거, 알렉산더 등을 제외한다면, 다른 유저들은 오히려 기계적인 작업처럼 효율을 생각하며 해수를 상대하고 있다는 뜻.

'그나마 눈에 띈 것도 스킬의 조합이나 직업의 궁합으로 독특할 뿐이지, 실제로 특급 스킬을 쓴 것도 아니란 말이지.'

자신들의 〈필살기〉급 스킬 같은 걸 공개한 사람은 아예 한 사람도 없었다.

당장 이하 자신만 해도 마나 투시를 쓰고 블랙 베스를 들어 올려 한 발, 한 발 쏘아 내기만 할 뿐이었으니까.

이하가 다탄두탄 같은 스킬을 아끼듯, 다른 유저들도 모두 스킬을 아끼고 있다는 증거였다.

투콰아아아아앙————!

한 발을 토해 낸 후, 다시 노리쇠를 당기다 이하는 선수 근처에서 멈춰 있는 유저 한 명을 발견했다.

"응? 페르낭 씨? 거기서 뭐하세요?"

"……말도 안 돼요……."

"네?"

혹시 또 다른 해수라도 나타난 것인가.

이하가 고개를 갸웃거렸으나 몸을 홱! 돌린 페르낭의 표정은 기대와 전혀 달랐다.

"어떻게 이렇게— 이렇게들 강할 수가! 1차 원정대 때와는 비교도 안 된다고요! 우하하핫! 신이시여! 목도리 도마뱀 해수가, 심지어 제가 1차 원정 왔을 때는 3~4m급밖에 안 됐단 말이에요. 이번엔 무려 5m급 크기라서 긴장했는데! 거기다 수는 또 어떻고? 지금 우리가 몇 마리나 죽인 줄 아세요? 미쳤어, 전부 다 미쳤어!"

"아, 그, 그래요?"

눈을 반짝이며 몸을 부르르 떠는 페르낭을 보며 이하는 재빨리 블랙 베스를 들어 올렸다.

그에게 든 생각은 오직 하나뿐.

'저런 상태의 페르낭을 상대해선 안 돼!'

그러나 이미 늦어 버렸다.

드디어 자신의 감정을 표출할 대상을 찾았다는 듯, 페르낭은 해수와 싸우려는 이하의 팔을 굳이 붙잡으며 방방 뛰기 시작했다.

"쟤네 스펙이 어떤지 아세요? 아직 여기까지 '다가온 놈'이 하나도 없어서 자세히 못 봤는데, 3~4m급 해수 스펙이 레벨 230이란 말이에요! 5m급이면 아무리 낮게 잡아도 240은 될 거야! 아으으으, 한 마리도 다가오지 않게 해 달라고 부탁했지만, 오히려 한 마리 정도는 이쪽으로 보내 달라고 말하고 싶을 정도라고요!"

"그, 저기- 알았으니까 이제 좀 놔 주세-"

"아직, 아직 나온 해수라곤 목도리 도마뱀뿐이고, 제가 아는 해수 중 제일 수준이 낮은 녀석들이라지만! 그래도 이번 원정은 진짜 될 것 같다고요!"

삐이이, 삐이이이익————!

페르낭의 난리법석과 원정대원 유저들의 활약 사이로, '정찰조'의 울음소리가 기다랗게 들려왔다.

"더 이상 다가오는 적 없음! 현재 상대하는 해수들만 상대하시면 끝입니다! 우하하핫! 대박, 대박!"

그것은 첫 번째 전투가 종료되어 감을 알리는 징겅겅의 신호였다.

문자 그대로 뉴-서펜트 호와 청새치 호의 외벽 한 번 긁히지 않은 채 목도리 도마뱀 해수들을 처리한 신대륙 원정대원들이다.

날뛰는 페르낭의 반응만 봐도 그들은 자신들의 성과를 알수 있었다.

"별거 아니잖아요?"

"이렇게 60일만 가면 된다고? 로그아웃 로테이션 다시 짭시다! 4개조, 각 열 명씩이 아니라 2개조, 각 스무 명씩 쉬러 가도 되겠어!"

"여러분 모두 고생하셨어요! HP, MP 회복 범위 마법 쓸 테니까 전부 메인마스트 근처로 오세요~!"

"나이스! 역시 최고다, '성녀'!"

언젠가 이하에 의해 머리통이 날아갔던 미니스의 유저, '성녀' 라파엘라의 스킬까지 시전 되자 분위기는 한층 더 떠들썩해졌다.

'진짜 엄청난 유저들이긴 해. 하지만 몬스터들이 전과 다르다는 뜻은……. 푸른 수염이 지나가며 무언가를 해 놨다는 설정일까?'

그런 와중에도 유일하게 걱정을 풀지 않고 있는 것은 이하였다. 단순히 좋아만 할 수 있는 것일까?

마왕의 조각인 푸른 수염도 이 바다 위를 건너갔을 것이다.

그가 순순히 이동만 했을 리는 없다고 이하는 생각했다.

'그래도 다들 처음 맞춰 보는 호흡이었는데, 제법 괜찮았다는 건 호재인가.'

첫 번째 해수, 신대륙으로 향하는 바다에서 나오는 '가장 약한 몬스터'. 레벨 230 이상급의 목도리 도마뱀들을 처리한 두 척의 선박에서 자신만만한 외침들이 연달아 튀어나왔다.

"내가 제일 많이 잡았으니, 내가 1등이다, 알렉산더!"

"웃기는군. 베일리푸스가 잡은 걸 제외하는 건 무슨 계산법이지."

"네 녀석의 실력이 아니니까!"

그 와중에도 자신이 1등이라며 우기고 있는 루거를 제외하면 모두가 즐거운 첫 사냥이었다.

"하이하 님, 별 일 없죠?!"

"네! 망루 경계 이상 무!"

첫 번째 날의 습격을 제외한다면 항해는 매우 순탄했다.

페르낭의 예상 항해 기간인 60일을 훨씬 상회하는 100일 기준으로 식자재들을 챙겼기에, 음식이나 기타 물품의 부족함도 없었다.

'어차피 NPC들을 위한 물품이 대부분이고 유저들이야 스태미너만 안 떨어질 정도면 되니까.'

이제 항해 6일째의 해가 밝아 오고 있었으며, 그와 동시에 로그아웃 했던 유저들도 다시 복귀하기 시작했다.

"2조 다녀왔습니다! 3조 여러분 취침하러 가세요~!"

각 10명씩 현실의 대략 10시간.

즉, 그들이 현실에서 체력을 회복하는 시간은 미들 어스 기준으로 이틀이 되는 것으로, 언젠가 신나라와 함께 국왕을 지키기 위해 이하가 짰던 로테이션과 유사했다.

첫 번째 날은 항해에 익숙해질 겸 모두가 함께 있었던 것이며, 이틀째부터는 로그아웃 로테이션이 바로바로 돌아가고 있었다.

이하는 마지막 4조에 배치되었다.

첫 번째 로테이션에서 가장 마지막으로 쉬어야 하기 때문에 체력적으로 부담이 큰 게 4조였으나 이하 스스로가 원했기 때문이다.

물론 이유는 간단했다.

배가 신대륙에 조금이라도 더 가까워질수록 해수들은 강해지리라. 그전에, 이하는 한 가지 퀘스트를 더 클리어하고 싶었기 때문이다.

[뀨!]

"올~? 블라우그룬 씨? 이제 거의 나만큼 경계 잘 하시는데요?"

[뀨뀨!]

당연하다는 표정으로 콧바람을 흥, 뿜는 브론즈 드래곤을 보며 이하는 웃었다.

그가 4조를 자처하고, 가장 높은 메인마스트의 망루에서 줄곧 있었던 이유.

"약 2해리 앞! 바다 밑에 거대한 얼룩 발견! 이놈 며칠 전에 봤던 놈 같은데요? 길게 늘어진 거."

"뭐가요? 해수!?"

"네. 아마도."

페르낭이 화들짝 놀라 고개를 꺾었으나 이하는 그를 보지도 않았다.

망루의 턱에 블랙 베스를 올려놓고 끼릭- 끼릭- 빠르게 클릭을 조정하기 시작했다.

"며칠 전에 봤던 거라면 거대 곰치 말하는 거예요? 그거-"

"아! 그거 레벨이 250 전후라는 거 확실하죠?"

후우우…….

이하는 페르낭을 향해 질문하곤 호흡을 가다듬었다.

'관절 고착 : 하부, 스나이프, 차분한 마음.'

하아아…….

"상대해 보셔 놓고 그런 말씀을 하세요?! 놈의 몸집과 속도면 2해리도 금방 줄일 텐데! 우선 사람들 준비시킬 테니-"

투콰아아아아아앙————————!

"읍?!"

뉴-서펜트 호의 망루에서 약 2해리, 3.7km 너머의 바다 표면에 작은 물보라가 튀어 올랐다.

"하, 하이하 님?"

샤아아아아……

그와 동시에 이하의 몸에서 백색 빛이 뿜어져 나왔다.

"아, 이놈도 레벨 250이 안 되나 보네. 쩝……. 거대 곰친 지 뭔지 처리 완료입니다!"

블랙 베스의 퀘스트를 클리어 하기 위한 이하의 노력은 멈추지 않았다.

신대륙을 향한 항해가 5일째 순탄한 이유이기도 했다.

'완전 하늘이 내린 기회였는데! 젠장, 젠장.'

레벨이 올랐음에도 이하는 아쉬움만 가득했다.

당장 레벨 하나 올라가는 것보다 블랙 베스의 다섯 번째 퀘스트를 깨는 게 더 중요했기 때문이다.

그러나 아쉬운 건 아쉬운 거고, 스탯을 찍지 않을 이유는 없었다. 이하는 캐릭터 창을 열며 한숨을 내쉬었다.

이름 : 하이하 / **종족** : 인간

직업 : 머스킷티어 / **레벨** : 177 (0%)

칭호 : 두려움을 모르는 / **업적 :** 109개

HP : 5,970(4,179)

MP : 1,355

스탯 : 근력 334(+249)

민첩 2,757(+918)

지능 148(+97)

체력 215(+122)

정신력 52(+42)

남은 스탯 포인트: 5

볼 것도 없이 민첩에 올인하는 이하.

적을 발견하고, 그 발견한 적에 적중시키는 능력 또한 민첩 수치에 영향을 받으니 다른 걸 따질 필요가 없었다.

'쏴서 맞추는 것 자체는 전투 보조 시스템을 끈 내 실력에 의한 거지만……. 스탯에 의한 추가 보정은 분명히 있다. 지금도 저 거대 곰치 정도나 되니까 맞춘 거지, 하피 크기였다면 어림도 없었을 거야.'

블랙 베스의 다섯 번째 퀘스트는 3.5km 거리에서 레벨 250 이상을 저격!

그 난이도는 극상이라고 봐도 과언이 아니다.

풍향, 풍속에 영향을 받지 않는 이하였지만, 목표물을 조

준하는 것만으로도 충분히 어려움을 겪고 있었다.

무엇보다 조건에 부합하는 장소를 찾는 것부터가 첫 번째 난관이다.

'그런 면에서 지금의 항해는 그야말로 딱이야. 시야를 확보해 줄 고지대 격인 망루가 있다. 주변엔 '지형' 굴곡이라고 부를 것도 없지. 하물며 저 해수라는 몬스터류는 처음 목도리 도마뱀만 제외한다면 엄청난 거체에다가 레벨도 무지막지하니까!'

10m, 15m 정도의 크기가 아니다.

목도리 도마뱀 이후 처음으로 마주쳤던 해수, '거대 곰치'를 보고 다른 유저들이 얼마나 놀랐던가.

이하는 문득 며칠 전의 일이 떠올랐다.

"몬스터 또 안 나오나? 으, 몸이 근질근질 해."

기정은 이하가 준 전설검을 허공에 휘둘러보았다.

"간지러울 만하죠. 기정 씨만 아.무.것.도. 안 했으니까."

"키킷, 저쪽 배에도 놀았던 사람은 없다던데 말이에요. 역시 우리 길마님이야."

"그, 그게 – 제가 안 하고 싶어서 안 한 거 아니잖아요!?"

보배와 비예미가 웃으며 장난을 치자 기정은 당황했다.

목도리 도마뱀 해수가 나왔던 날, 뉴-서펜트 호와 청새치 호를 통틀어 '유일하게' 한 마리의 목도리 도마뱀도 잡지 못한 자.

공격은 고사하고 탱커라는 유저가 탱킹을 할 기회조차 얻지 못했었으니, 전투가 종료된 후 모두의 타겟이 되는 건 당연했다.

"진짜 괜히 뽑았어. 기정이 두고 왔어야 했는데."

"흐, 너무 마스터케이 님께 그러지 마세요. 그래도 탱커가 중심부에 계시니까 드레이크 NPC나 다른 사람들이 안심하고 돌아다닐 수 있는 거잖아요."

"엑?! 징경경 씨는 너무 착해서 탈이라니까. 이럴 땐 모르는 척하고 놀리세요. 이럴 때 안 놀리면 못 놀려요."

어느 샌가 다가와 같이 기정을 놀리려던 이하였으나, 덩치 큰 징경경이 순박한 웃음을 지으며 말리자 맥이 빠지고야 말았다.

"고마워요, 징경경 님! 우리 길드 가입하실래요? 역시 내 편 들어 주는 사람은 징경경 님밖에 없어. 이하 형은 진짜 사촌 형인지 원수인지 모르겠다니까."

기정은 징경경의 팔을 끌어안고 찰싹 달라붙었다.

인간 유저 중에도 키는 제법 큰 기정이었으나 자이언트 종족에 비할 바는 아니었다.

징경경의 옆에 찰싹 붙은 기정이 애처럼 보일 정도였으니까.

키 180cm가 넘는 애라니, 그 기괴한(?) 모습에 주변 유저 모두 웃음이 터졌다.

"후후, 확실히 하이하 씨 근처는 항상 분위기가 좋군요."

낄낄거리는 그들을 향해 또 다른 유저들이 다가왔다.

세이지 혜인과 그의 옆에 있는 안대 같은 천을 눈에 두른 여성 유저. 이하는 그녀를 단박에 알아보았다.

"아, 혜인 씨! 그리고…… 오라클 직업이신-"

"닥터 둠!"

"저번에 그 스킬 진짜 짱이었어요!"

"근데 눈 그거- 그렇게 하시면 앞이 보여요?"

보배와 기정이 그녀를 보고 감탄했고 주변 유저들도 웅성 거렸다.

그 소란의 사이에서 그녀의 이름을 정확히 부른 것은 이하 뿐이었다.

"-루비니 님이셨죠? 처음 뵙는 건데 인사도 제대로 못 드 렸네요. 반갑습니다."

"네. 오랜만에 뵙네요. 하이하 님."

이하는 그녀가 어떻게 앞을 보는지 별달리 고민하지 않 았다.

정확히 자신 쪽을 바라보고 인사를 하고 있는데다가, 그녀 가 뱉은 다른 말이 더 신경 쓰였기 때문이다.

"어? 오랜만이라고요? 저희가 혹시 언제 만났었나요?"

"이하 씨이~? 나라한테 다 일러야지."

"아니, 자, 잠깐만요— 나는 기억이 없는데?!"

이하가 당황하자 루비니는 작게 미소 지어 보였다. 그 뒤에서 혜인 또한 따라 웃고 있었다.

"국가전을 할 때였을 겁니다. 맞지요, 루비니 님?"

"맞아요, 혜인 님. 당시 행군의 평원에서 이상한 움직임이 감지되어 며칠간 조사한 경력이 있어요. 그때 제 '맵' 안에서 하이하 님을 뵈었었죠."

이하는 그녀의 말에서 나오는 뉘앙스를 알아차렸다.

'이상한 움직임', '조사'.

퓌비엘 소속이라면 굳이 저런 말을 하지 않았으리라.

"어— 죄송합니다. 그때 제가 워낙 급했던 터라 혹시 헤드샷을 했다거나 굳이 고통스러운 부위를 가격해서 사망에 이르게 했다면 사과의 말씀을—"

"풋, 아뇨. 괜찮아요. 저는 죽지 않았었으니까. 그때까지는 제 감지 범위 안에서 움직이셨거든요. 하이하 님의 움직임을 보고, 미니스가 패할 거라 생각해서 그 후로 국가전에 참여하지 않았어요."

혹시 이하 자신이 그녀의 머리통을 날린 적이 있지 않을까, 했던 걱정은 다행히(?) 할 필요가 없었다.

그러나 그녀의 발언은 제법 놀라운 것이었다. 이하에게도, 모두에게도.

'행군의 평원에서도 최소 800m 이상의 저격이었는데. km 단위도 몇 번이나 있었다. 근데 감지 범위 안에 있었다고?'

단순한 마나 탐지 스킬로는 잡을 수 없는 거리다.

하물며 그 움직임 하나만으로 미니스가 패할 것까지 예측했다는 게 이하를 더욱 놀라게 만들었다.

몬스터나 NPC의 이동을 '예측'하는 것은 미들 어스의 시스템으론 간단하다. 이미 입력된 이동 데이터를 먼저 읽어 내도록 만들어 주는 것뿐이니까.

그러나 복잡하게 얽히고설킨 국가전의 승/패를 예측하는 것은 단순히 직업이 오라클이기 때문에 되는 것이 아니다.

큰 수를 볼 줄 아는 그녀의 사고가 그녀를 [제2차 인마대전 영웅의 후예]인 '오라클'로 만들어 주었으리라.

'국가전 하니까 생각났는데, 성녀 라파엘라 님한테도 사과를 하긴 해야겠지? 으, 하필 나한테 죽은 사람이 나랑 같은 배라니.'

저쪽에서 다른 유저들과 수다를 떨고 있는 여성 힐러를 보며 이하는 착잡했다.

그래도 신대륙 원정을 위해 원활한 관계를 유지하려면 어쩔 수 없는 일. 언젠가 직접 나서야만 할 것이다.

"어, 그러면 무슨 일로……?"

"꼭 무슨 일이 있어야 오는 건가요. 루비니 님이 이쪽 멤버 분들이 궁금하다고 하셔서 소개시켜 드릴 겸 온 겁니다."

"아! 네. 다 좋은 분들이니까요. 루비니 님도 차 한잔 드시면서 얘기나 하시죠."

이하가 슬쩍 자리를 권하자 보배의 눈매가 날카로워졌다.

'나라한테 일러야지' 하는 중얼거림이 이하와 기정 모두를 불편하게 만들었지만 이하의 행동에 다른 사심이 없다는 건 모두가 알고 있었다.

"아, 혹시 루비니 님은 아시려나? 저쪽 배에도 루비니 님이랑 비슷한 역할을 하는 유저가 있는 거잖아요? 그게 누구인지—"

추와아아아! 끼이이잇————!

"—어잇, 깜짝이야!"

이하가 궁금한 것을 물으려 할 때, 뉴-서펜트 호와 청새치 호 사이에서 처음 보는 동물 한 마리가 뛰어오르며 초음파 같은 소리를 내질렀다.

"저건 뭐야? 돌고래도 아니고—"

"키킷, 청새치 호에 탑승한 소환사 유저님 소환물 같은데요? 그 사람도 영웅의 후예라던데. 육-해-공 모두 적용 가능한—"

비예미가 이하의 궁금증을 풀어 주려 할 때, 선실 안에서 해도를 살피던 페르낭이 문을 박차며 뛰쳐나왔다.

"저, 저, 전원 전투 준비! 전투 준비! 현재 해저에서 거대 곰치 접근 중! 두 마리랍니다!"

"거대 곰치?"

"어마어마하게 큰 해수예요! 지금 소환사 유저 분께 귓말 왔는데— 저희 선박들의 정확히 아래 지점이에요, 녀석들은 분명히 부상하며 저희 배 하부를 공격할 겁니다! 젠장! 하필 아래를 잡히다니."

페르낭의 낯빛이 좋지 않았다. 그것은 이미 경험된 공포에 기인한 것이었다.

"어, 뭐야, 그, 그러면 어떻게 해요? 공격을?"

"배 밑? 배 밑에서 튀어나오는 놈을 어떻게 잡지?"

페르낭의 소란은 금방 유저들에게로 퍼졌다.

단순히 선박과 선박 간 전투가 아니다.

해수, 바다의 야수라는 표현 그대로 이 몬스터들은 물속에서도 숨을 쉬고 자유자재로 움직일 수 있다.

전 방위 공격 및 방어가 가능한 선박이지만, 그래 봤자 배일 뿐이다. 아래에서부터 치고 올라오는 공격은 당해 낼 수가 없는 것이다!

'젠장! 역시 기뢰 비슷한 걸 만들었어야 했나?'

잠깐 생각은 했으나 시간상 그 제작이 불가능했던 아이템.

이하는 가방을 열어 폭탄의 개수를 세어 보았다.

"그럼 언제? 언제 공격하러 오는 거죠?"

"아니, 일단 우리가 녀석들을 볼 수가 없잖아! 거기, 드루이드님! 생선 같은 걸로 변신 못하세요?"

"연어 같은 건 가능하지만- 그게 무슨 의미가 있을까요?"

웅성거리는 유저들의 혼란 속에서 다시 한 번 나선 것은 이하의 곁에 앉아 있던 루비니였다.

"매핑할게요."

슈우우우우……!

그녀의 몸속으로 들어간 마나의 알갱이는 그녀의 수정구로 옮겨졌다. 홀로그램 지도에서 몬스터의 위치를 찍는 것?

'아니, 수면 아래는 그게 안 될 텐데. 지도는 어디까지나 2차원밖에-'

이하의 우려가 채 끝나기도 전, 루비니는 이미 캐스팅을 끝냈다.

"〈3차원 스캐너Three-dimensional scanner〉."

"아……."

그것은 단순한 지도가 아니었다.

해면 위에 떠 있는 세밀한 선박의 모양, 출렁이는 바다 그리고 해수면 아래 깊은 곳에서 꾸물거리는 두 개의 덩어리!

"웩?! 뭐야!"

"헐……. 저렇게 크다고요?"

"이거, 이게 우리 배 맞죠? 요 옆에가 저쪽 청새치 호고?"

모여든 유저들은 경악을 금할 수 없었다.

이 배만 해도 얼마나 크던가. 웬만한 전열함 못지않게 길고 큰 모험용 선박이다.

"아, 아무리 짧게 잡아도 이 배보다 3배 이상 긴데요?"

"두께는 또 어떻고! 두께도 이 배보다 두꺼워요!"

길이 약 150m, 폭 20m에 달하는 거대 곰치는 홀로그램만으로도 유저들을 압도하기에 충분한 크기였다.

"그런─ 그런 몬스터가 배 밑에서부터 공격하면……."

전투라면 모두 한가락 하는 유저들의 생각이 전부 돌았지만 그 누구도 명쾌한 답을 낼 수 없었다.

[어떻게 잡지?]

'물속으로? 안 돼. 물속에서 총을 쏘는 것만큼 멍청한 짓도 없어.'

이하도 불가능하다.

폭탄을 던져? 도화선의 불씨가 꺼질 것이다.

마법? 애당초 그들의 위치가 선박의 아래다. 녀석들을 타겟팅 할 수가 없다.

"키킷, 이 정도 대해에서는 독을 풀어도 소용이 없고……."

비예미도 아쉬움에 혀를 찰 정도로 뾰족한 수는 없었다.

"우하핫! 이럴 땐 도망이 최고지! 싸우는 것만이 정답은 아니니까! 아니, 이런 건 도망이라고 하는 것도 아니지. 그─뭐라고 합니까, 드레이크 선장?"

"……해상전으로 두고 생각하자면 풍상風上을 잡는 것이

지. 더 좋은 바람을 타고, 더 좋은 자리에서 쏘기 위해 배를 옮기는 것."

"그렇지, 그렇지. 일단 속도를 높여서 놈들을 떼어 내고, 거리를 벌려 해수면 근처까지 왔을 때! 거기 총 쓰는 양반이 뭘 쏘든 쏘면 되지 않겠어?"

바람에도 상석과 하석이 있다. 크라벤의 '후크'가 하고픈 말은 그것이었다.

우선은 싸우기 좋은 자리로 옮기는 게 해상전의 기본이니까.

다른 유저들은 우선 그 의견에 동의할 수밖에 없었다.

적어도 그들에겐 그보다 더 좋은 수가 생각나지 않았기 때문이다. 한 사람을 제외하고는 말이다.

"……그럴 필요 없어."

"엉? 억! 당신―"

후크의 곁에서 찰랑, 찰랑 푸른 머리의 소녀가 이하를 향해 걷고 있었다.

뉴―서펜트 호의 갑판이 삽시간에 조용해졌다.

"오빠. 귀."

"어, 어?"

람화정은 이하의 팔소매를 잡아당겼다.

귓속말이라면 그냥 해도 될 텐데 군이 이하의 얼굴과 자신의 얼굴을 근접시키는 당돌한 소녀였다.

"……그게 가능하다고요?"

"응."

그리고 소녀의 제안은, 당돌함 그 이상이었다.

"150m? 150m짜리 몬스터라고?"

난리가 난 것은 청새치 호 역시 마찬가지였다.

루거는 무의식중에 자신의 〈코발트블루 파이톤〉에 포환을 넣고 있었다.

"미쳤어. 그걸 무슨 수로 잡아요?"

"페르낭에 말에 의하면 극강의 공격력을 갖고 있지만 방어력은 약하다고 한다. 약점만 노릴 수 있으면 피해 없이 지날 수도 있다고 하는군."

"그니까 그걸 어떻게 하냐고요! 배 밑에서 공격한다잖아요, 배 밑에서! 우리 중에 누군가가 물속으로 잠수해서 싸워야 한다는 뜻 아녜요? 저것들은 선박 하부를 노릴 거라던데!"

이론적으론 알고 있지만 실현이 불가능한 방법. 알렉산더의 말을 듣자 청새치 호의 유저들은 더욱 난감해졌다.

"수중 호흡을 가능하게 만드는 마법 있습니까? 제가 내려가서 처리하지요."

"제 부적이 가능하긴 한데 지속시간이 짧아요. 150m짜리 두 마리를 혼자 상대하시기엔-"

"돌고래 모양 조각을 쓰면 할 순 있지만– 신체가 돌고래처럼 변할 겁니다. 페이우 님의 발차기를 봉인하게 될 테니……."

페이우가 나섰지만 천하의 무도가라도 별수는 없었다.

배추 도사와 조각가 로댕의 방법으론 그를 물속에서 싸우게끔 만들 힘이 부족했다.

"아니면 잠시 바닷물을 전부 증발시켜 버릴까요? 제 불꽃 마법이라면 이 선박 반경 15m 근방의 모든 바닷물을 다 태워서–"

"그, 그건 안 돼요! 그랬다간 선박에도 분명 타격이 올 텐데, 감당할 수가 없잖아요. 빈대 잡자고 초가삼간 다 태우는 꼴이 될 거라고요."

또 다른 영웅의 후예, 람화연과 같은 직업인 '불꽃술사' 계통의 남성이 손끝에서 불꽃을 피워 올렸지만 신나라가 재빨리 나서서 말렸다.

"음……. 베일리푸스."

"들었다."

알렉산더가 입을 열자 인간 형태로 있던 골드 드래곤이 고개를 끄덕였다.

"흐응, 무슨 방법을 들으셨을까?"

치요가 흥미로운 표정으로 알렉산더를 바라보았다.

그는 굳이 그녀에게 답하지 않으며 다른 유저들을 불러 모았다.

"모두 꽉 잡아라. 지금부터 베일리푸스가 배를 띄울 것이다."

"무슨─"

슈와아아아악━━━━!

누가 묻기도 전, 이미 베일리푸스는 드래곤의 모습으로 바뀌어 있었다.

배를 띄운다?

그 말의 뜻은 금방 알 수 있었다. 말 그대로 배를 공중으로 띄운다는 얘기였으니까.

쿠구구구구……

"우왓!? 진짜 배가 뜬다!"

"이 크기를?"

"저─ 저쪽 배도 뜨고 있어요!"

"대박…… 아니, 이럴 거였으면 애당초 배를 띄워서 가도 되지 않나?"

"그건 불가능하다. 선박 두 대의 질량이 얼마나 큰지 알고는 있는가."

"그, 그냥 해 본 말인데……. 그게 가능하면 애당초 배로 가지도 않았겠죠."

유저들이 감탄 섞인 의문을 가졌으나 알렉산더가 한 마디 쏘아붙이자 더 이상 물어볼 순 없었다.

"굉장한 파충류긴 하군. 하지만 이걸로 뭘 어쩐다는 거지?"

바닷물을 뚝, 뚝 흘려 가며 공중으로 3m, 4m, 5m 점점 상승하는 선박을 보며 루거가 코웃음을 쳤다.

띄운다는 건 알았다. 그다음은?

청새치 호에 타고 있던 알렉산더는 말없이 손을 들어 한곳을 가리켰다. 원정대원들의 눈이 모두 그 지점으로 향했다.

청새치 호와 마찬가지로 둥실둥실 떠오른 뉴-서펜트 호, 그 갑판의 옆구리에서 푸른 머리가 찰랑이며 떨어지는 모습이 모두의 눈에 들어왔다.

"어, 어! 저기- 누가 뛰어내린다!"

"누가…… 람화정!?"

"어쩌려고 거기서 떨어지는-"

파아아아아아아아———————!

"-꺅!"

신나라가 눈을 질끈 감으며 고개를 돌렸다.

떨어지는 람화정의 몸에서 폭발하듯 터져 나온 것은 눈이 시릴 정도로 푸른빛, 그녀의 몸으로 흘러 들어간 마나가 순식간에 퍼져 나갔다.

"그, 그래, 들은 적 있어! 국가전 때- 국가전 때 람화정이 싸웠던 방식!"

쩌적, 쩌저적……!

여전히 부신 눈을 뜨지 못하고 정체 모를 소리만 귀로 들으며, 한 사람이 소리쳤다.

국가전 당시 디케 해변에서 크라벤 해군과 싸웠던 람화정.

해상전으로는 상대가 될 수 없는 퓌비엘이 크라벤을 상대로 어떻게 그리 오래 버텼는가?

쩌저저저적—————————————

"바다가― 바다가……!"

"세상에!"

"대체 마나가 얼마나 많아야 저게 가능한 거지?"

영웅의 후예가 되었든, 토너먼트 참가자가 되었든 최소 미들 어스의 아웃사이더급 이상! 그 외에도 랭커가 상당수인 게 이번 원정대원들이었지만 그들 모두 눈을 평소 크기의 두 배 이상으로 크게 키웠다.

"우핫, 크하하하핫! 그래, 그거야! 저 얼음 마녀 공주님이 왜 안 나타나나 했다고! 바닷물만 먹고 자란 나조차도 저 꼬맹이를 감당할 수 없을 정도였다니까! 저 꼬마 공주에겐 같은 팀이고, 뭐고 없다고!"

청새치 호의 선박 운용을 담당하던 버크가 호탕하게 웃었다.

새파랗게 얼어붙은 바다를 내려다보며.

Geschoss 8

"루거. 준비해라. 저쪽은 하이하다."

알렉산더는 간단하게 지시했다.

무엇을 준비해야 할지, 루거 또한 본능적으로 알 수 있었다.

"그렇군. 그렇게 얘기가 된 거였군. 빌어먹을 놈, 삼총사라는 게 얘기도 안 해 주고—"

철컥—!

루거도 갑판의 끝부분까지 걸어가 〈코발트블루 파이톤〉을 들어 올렸다.

건너편 선박의 같은 자리에서 이하가 〈블랙 베스〉를 흔들며 웃고 있었다.

"루거! 역시 자리 하나는 잘 잡는구만."

"당연한 소리 하지 마라. 저 아래에서 대가리로 얼음을 깨고 선박 아래로 튀어 오른다면 사격하기 가장 좋은 장소는 당연히 여기 아닌가."

"낄낄, 알렉산더 씨 특성상 별 얘기 안 했을 텐데, 눈치도 빠르고. 좋아, 좋아."

"평가하지 마라, 내가 너보다 더 잘 싸우니까."

루거가 흥, 하며 다시 아래를 바라보자 이하도 다시금 집중했다.

여전히 선박 아래에는 얼어붙은 바다가 보였다. 마치 북극에서 빙하 덩어리가 떠다니는 것처럼, 뜬금없는 얼음덩어리는 보는 사람을 황당하게 만들었다.

'심지어 넓어. 물론 그— 곰치인지 뭔지가 깨고 올라와야 하니까 얇게 만들어야 해서 더 넓힐 수 있었겠지만……. 지름 50m를 얼리는 게 말이나 되는 거야?'

그러나 이것도 약과라는 사실을 이하는 모르고 있었다.

크라벤과의 국가전에선 배와 배 사이를 얼음으로 이어 버려 육상군을 내달리게 한 게 바로 람화정이었으니까.

삼국지에 연환지계를 얼음을 이용해서 사용했다고나 할까?

마나의 운용이나 미들 어스의 스펙으로도 엄청난 람화정이었지만 그녀가 '천재'라고 불리는 이유는 그 발상 때문이었다.

"오고 있어요. 해수면까지 8m, 6m, 4m—"

뒤에서 루비니의 카운트다운 소리가 이하의 귀에 들렸다.

람화정은 어느새 플라이 마법을 사용해 다시 갑판으로 올라온 상황이었다.

그쯤 되니 이하도 볼 수 있었다. 하얗게 얼어 버린 얇은 막 아래에서 꾸물거리며 치솟는 새카만 얼룩들을.

"저게 머리야?"

"와, 말도 안 돼……. 누가 바다에 먹물 뿌려 놓은 수준이 잖아?"

압도적으로 거대한 덩치는 수면 아래에 있음에도 똑똑히 알아볼 수 있었다.

"—1m, 지금—"

콰사사삭, 챵그라앙————!

굉음과 함께 얼음 가루들이 허공을 흩날렸다.

햇빛을 받아 반짝이는 얼음 가루보다 더욱 눈에 들어오는 것은 새카맣고 번들거리는 몸을 가진 거대 곰치!

배가 하늘로 띄워진 줄도 모르고, 람화정이 만든 '얼음'이 여전히 선박과 같은 물체라고 해수는 있는 힘껏 힘을 주며 물 밖으로 뛰쳐나온 것이다.

"우와아아아! 이빨이— 무슨 이빨 크기가—"

"감탄할 때가 아녜요! 빨리 처리하지 않으면—"

"쉿. 그렇게 안 하셔도 돼요, 보배 씨."

마치 국수 면발 나오듯, 바다에서 공중으로 계속해서 그 기다란 몸집을 빼내는 놈을 보며 보배가 호들갑을 떨었다.

"네?"

기정은 조용히 보배를 안심시키곤 이하를 가리켰다.

로프 하나만을 허리에 묶곤 완전히 상체를 빼내어 블랙 베스의 총구를 아래로 내리고 있는 포즈.

"언제 쏴야 목표물에게 가장 큰 타격을 줄 수 있나, 저 거대한 덩치라지만 한 방에 죽이려면 표적은 어디로 삼아야 하는가……. 이미 그런 계산은 끝났을 거예요."

"하지만– 저렇게 큰데? 게다가 이하 씨도 처음 보는 몬스터라면서–"

"할 수 있어요."

기정이 말을 마치는 순간, 이하, 그리고 루거의 입이 약간씩 움직였다.

선박 두 척을 뒤흔들 정도의 굉음이 뉴–서펜트 호와 청새치 호에서 동시에 울렸다.

투콰아아아아아아아아———————………!

"이하 형이잖아요."

스킬을 쓴 루거에 비해 이하는 다탄두 탄을 쓰지 않았다. 말 그대로 최적의 한 점을 찾기 위해서.

신대륙에 도착하기 전, 자신의 스펙을 올리고 싶은 건 이하 또한 마찬가지였다.

단순한 스탯이나 스킬을 너머, 말 그대로 미지의 적을 상대하기 위한 자신의 능력을 키워야만 한다.

거대 곰치는 아무런 소리도 내지 않았다

이미 해수면 위 8m지점까지 튀어 올랐던, 박살 난 얼음 아래 140m 이상의 몸이 더 있을, 해수 두 마리는 잿빛으로 변하며 천천히 다시 바닷속으로 빨려 들어가고 있었다.

대부분의 원정대원들은 목도리 도마뱀들과 싸웠을 때와는 또 다른 충격을 받고 있었다.

배를 띄운 골드 드래곤은 이미 잊혀진 지 오래였다.

그 이상의 충격을 준 람화정과 저 거대한 몬스터를 일격에 사망시킨 두 명의 머스킷티어에 대해서.

"휴우우우……. 나이스 플레이였어요, 람화정 씨! 아, 페르낭 씨, 이건 레벨 몇이라고 했죠?"

"바− 방금 잡으신 게 247이에요. 보통 240~250으로 많이 나오고−"

"아, 진짜요? 대박인데! 이 정도 크기에, 이런 허접한 방어력으로 레벨이 250이나 된다니, 개꿀이잖아!?"

즉사 포인트를 찾아낸 이하에게 더 이상 거대 곰치는 두려움의 대상이 아니었다.

요 며칠간 보이는 족족 잡았다.

거체에 어울리게 대가리 또한 컸으므로 물 밑에 있는 녀석을 맞추는 데에도 큰 어려움이 들지 않았다.

'아니지, 내 실력이 그사이 또 상승했다고 봐야겠지.'

이하의 몸통만 한 곰치의 이빨이 그야말로 코앞까지 다가왔었다.

조금만 늦게 발포했어도 선박에 데미지를 입었으면 물론 이하 자신도 먹혔을지 모른다.

그런 위기를 넘어가며 저격수로서 또 한 번 성장했다는 의미였다.

"생선도 대가리만 따면 한 방이라는 걸 알았는데도…… 레벨 250짜리가 이렇게 드무니 원."

[뀨우우, 뀨위]

"아. 우리 저거 시체에서 고기 잘라다가 먹을까요? 회로는 못 먹을 거고, 곰치탕 이런 건 들어 본 적 있는데."

[뀨뀨뀨! 뀨뀨!]

파닥, 파닥, 파닥!

블라우그룬이 망루 위에 선 이하의 머리 주변을 빙빙 맴돌았다.

먹을 거 얘기만 나오면 언제나 나오는 격한 반응은 이하를 제법 즐겁게 해 주었다.

"피딩이 성장 기간을 대폭적으로 줄여 준다고 했는데, 우리 블라우그룬 씨는 언제 쥬브나일급 되려나 몰라. 신대륙 도착하기 전엔 되겠어요?"

[뀨우?]

"됐다, 됐어. 또 못 알아듣는 척. 내려갑시다. 흐흐, 희귀급 포션도 물자로 많이 나왔으니 그거 써먹어야징."

이럴 때조차도 자신의 재산을 아끼는 이하의 능력은 탁월했다.

신대륙을 향한 항행 6일째, 그리고 이후 이하가 로그아웃하는 8일째 및 다시 복귀하는 원정 10일째가 될 때에도 해수들이 돌발적으로 나타나는 것 외에는 아무런 문제가 없었다.

페르낭과 제1차 원정대에게 있어서 '제일 큰 문제'가 바로 해수였으니, 사실 대륙에서 엄선된 40인의 유저들은 그 위기를 깔끔하게 돌파해 나가고 있다는 의미이기도 했다.

그런 유저들에게 조금 다른 일이 벌어진 것은 신대륙 항행 약 29일이 되던 때였다.

"전방 이상 물체 발견! 해수인가? 거리는 대략…… 1.7에서 1.8해리! 거대 곰치는 아닌 것 같고, 뭐가 둥둥 떠다니네요."

이하가 간단하게 보고했다.

망루에서 제법 큰 소리로 외쳤건만, 페르낭을 포함하여 그 소리를 듣고 긴장하는 유저는 없었다.

최초의 거대 곰치 때처럼 해수면 아래에서 습격하며 올라오는 형태가 아니라면 별다른 위협이 되지 않기 때문이다.

'어차피 쾅! 소리 나면서 또 잡았다고 하겠지.'

대다수 유저들은 같은 생각을 하고 있을 뿐이었다.

"어디 보자아, 너는 누구냐아~"

이하는 아저씨처럼 멜로디를 넣어 흥얼거리며 블랙 베스의 스코프 배율을 조정했다.

그러나 이하의 눈에 들어온 것은 조금 다른 형태의 생물이었다.

"음……. 뭐지? 안 보이네. 진짜 그냥 죽은 생선인가?"

그러나 제대로 눈에 들어오지 않았다.

해수의 공통적인 특성이라면 역시 거대한 몸체다.

1.8해리, 약 3.5km 떨어진 위치의 생물이 해수라면 스코프 안에 꽉 차는 크기 수준으로 들어와야 하건만…….

'인간 정도? 아니, 인간보다 약간 작은 크기?'

이하는 고개를 갸웃거리며 청새치 호의 망루를 잠시 살폈다.

이하가 거대 곰치 사냥을 시작한 이후 청새치 호의 망루에도 한 사람이 올라가 이하를 견제(?) 하고 있는 중으로, 물론 그런 짓을 할 만한 사람은 정해져 있었다.

이하가 내려가지 않는 한 내려가지 않겠다는 태도로 〈코발트블루 파이톤〉을 들고 전투적인 태도로 임하는 루거가 그곳에 있었다.

 ─루거! 저거 보이나?

 ─뭐가 있다는 건 알겠다. 바닷물의 빛 반사가 그 부분만 달라.

 ─흐, 눈도 좋아요. 감이 좋은 건가? 하여튼, 저게 뭔지 알겠어?

 ─멍청한 놈. 알았으면 내가 가만히 있었을까? 벌써 쐈겠지.

 ─맞출 자신도 없으면서 무슨. 어쨌든 뭔가 있지만 뭔지는 모른다 이거지?

 ─이 자식이 감히 나를─

 ─에베베베, 지금까지 거대 곰치 사냥 전적 '17 대 빵'이거든? 낄낄.

 ─너, 너, 비겁하게 멀리서 쏘는 주제에 그런 건방진─

이하는 길길이 날뛰는 루거의 귓속말을 무시하곤 다시 스코프 안을 살폈다.

스코프가 없는 루거는 이하 자신보다 더욱 이물의 정체를 알 수 없을 터. 그러나 싸움꾼의 특성상, 그리고 마치 노련한 사냥꾼처럼 그는 '무엇이 거기에 있다'라는 걸 알고 있었다.

'저러고 있다가 갑자기 팍! 튀어 오르면서 습격하거나…… 그러진 않을 것 같고. 우선 거리가 좀 더 좁혀지길 기다려 봐야겠군.'

이하는 블랙 베스를 내리곤 나안으로 다시 곳곳을 살폈다.

머리 위에 엎드려서 자고 있는 블라우그룬의 무게가 다소 느껴졌지만 그냥 두었다.

블라우그룬이 아무런 반응을 하지 않는다는 것도 저 물체가 위험물이 아니라는 걸 나타내고 있는 셈이니까.

"근데 블라우그룬 씨는 내 머리가 무슨 둥지인 줄 아나 봐."

주변을 한 바퀴 돌며 사방을 살핀 후, 이하는 다시 전방으로 몸을 고정시켰다.

항해는 벌써 29일차. 하루만 더 지나면 페르낭의 예상 항행 일정 중 절반에 달하게 된다.

'현재까지 아무 이상 없다. 해수라는 게 지겹도록 많이 나와서 좀 짜증 나긴 하지만…….'

지난 항해기간 동안 이하가 올린 레벨이 또 2개다.

현재 레벨은 179. 그럼에도 단순 레벨 수치로 따지면 이번 원정 대원 중 최저레벨은 이하였다.

이하가 혼자 사냥하고 혼자 레벨 업 한다며 불만을 갖는 유저는 없었다. 그만큼 이하의 경계가 철저하고, 해수가 원정대 선박을 발견하기도 전에 죽여 버리고 있었기 때문이니까.

'페르낭 씨가 말했던 것만큼 걱정할 수준도 아니었어. 아니, 그만큼 유저들이 말도 안 되게 강해진 거겠지.'

이하 홀로 감당하기 힘들 정도로 많은 수가 나올 땐 다른 원정대원 또한 진지하게 전투에 임했다.

해수들이 나올 때마다 1차 원정 당시와 비교하며 더 강해지고, 더 수가 많다며 페르낭이 놀랐지만 원정대를 위협할 정도의 습격은 몇 번 없었다.

'그보단 페르낭 씨가 더 놀라워. 아무리 레벨이 좀 더 오르고, 숫자가 좀 더 많아졌다지만 그 정도 수준의 몬스터를 고작 선박의 운용에 따른 캐논포 활용으로 잡았단 말인가? 해상전 때 겪어 봤지만 포는 전방이나 후방으로 쏘는 게 아니야. 측방으로만 쏴야 하는 건데.'

방향을 제대로 잡지 못하면 전방에서 개떼같이 달려드는 목도리 도마뱀이나, 해수면 아래에서 솟구치듯 튀어나오는 거대 곰치 등을 절대로 잡을 수 없다.

이하는 자신이 아직 미들 어스를 시작도 하지 않았을 때, 벌써 NPC 선단을 이끌고 그런 몬스터를 상대한 페르낭에 대해 약간의 존경심이 들기도 했다.

그사이에도 선박은 계속해서 나아갔고, 그 진행 방향에 있는 이물과 선박의 거리는 점점 좁혀지고 있었다.

1.3해리, 1.2해리까지 줄어든 이하의 스코프 안에 마침내

특이물의 정체가 들어왔다.

"엥?! 이, 인간! 인간이다! 조금 전 발견했던 게 인간이었어요!"

마치 기절한 것처럼 쓰러져 있는 것. 둥둥 떠다녀 이미 사체처럼 보이는 그것은 인간의 형태를 하고 있었다.

"인간?!"

"인간이라뇨? 유저? 아니, NPC?"

"아니— 그럴 수가— 그럴 수가 없을 텐데요? 크라벤 유저나 NPC일 리도 없고, 제1차 원정대원들의 사체가 아직까지 남아 있는 건 더 말도 안 되고."

크라벤의 영해는 첫 날 벗어났다.

이 위치까지 일반 유저나 NPC가 선박을 끌고 올 수 있을리가 없다. 페르낭마저 당황하자 원정대원들은 더욱 의문을 가질 수밖에 없었다.

"드레이크 선장님! 저건 확인해 봐야 하지 않을까요?"

"……음. 0.3해리 전방에서 정지, 쾌속보트를 내려서 확인한다."

Ay, Ay, Sir!

"저는 알렉산더 씨한테 연락할게요!"

쾌속 전진하던 두 선박은 돛을 접고, 서서히 속도를 줄이기 시작했다.

버크와 알렉산더 또한 몬스터가 아니라면 확인해야 할 필요성이 있다고 판단한 것.

다행히 얌전한 기상 상태의 바다는 보트를 운용하기에 충분했고, 양 선박의 해적 유저들이 작은 보트를 조종하며 떠 있는 사체를 향해 다가갔다.

"확인돼요?"

보트에 올라탄 페르낭이 옆에 있는 이하에게 물었다.

이하는 스코프와 독수리의 눈을 사용한 나안 관찰을 번갈아 하며 목표물의 정체를 파악했다.

"……세상에……. 하, 하긴 미들 어스니까 어떤 의미로는 당연한 것 같은데-"

"왜요? 뭔데요?"

대략 500m 전방의 물체라면 이제 이하가 관찰하는 것은 식은 죽 먹기. 이하는 정확하게 볼 수 있었다.

"인간은 인간인데…… 인간이 아니에요."

"그럼?"

"상체만 인간이에요."

"네? 상체만?"

페르낭이 고개를 갸웃거렸다.

그러나 이하의 설명은 정확한 것이었다. 상체는 인간. 그렇다면 하체는?

"하체는 물고기…… 네요."

말을 하는 이하도 당황스럽기는 마찬가지였다.

'독수리의 눈'에 들어온, 바다 위에 둥둥 떠 있는 것의 정체는 인어人魚였다.

"와, 인어는 처음 봤어."

"죽은 건가?"

"남성형 같은데도 얼굴선이 예쁘다. 아래의 비늘도 뭔가 징그럽게 생겼을 거라고 생각했는데, 생각보다 훨씬 잘 어울리네요."

"아니, 근데 이거 물속에서 숨 쉬는 거 아닐까요? 다시 바다에 던져 놔야 하는 거 아닌가?"

"누가 바가지에 물 좀 떠 와요!"

"아이스―"

"우와아앗! 얼음 마법은 안 되지!"

청새치 호의 인원들까지 뉴―서펜트 호로 우르르 넘어왔다.

그들이 둘러싸고 있는 가운데, 인어는 마치 죽은 것처럼 갑판 위에 뉘어 있었다.

"페르낭 씨는 뭐 아는 거 없어요?"

"없, 없어요. 인어? 웬 인어? 방향은 분명 이쪽이 맞을 텐데…… 어째서 이런 게 있지?"

페르낭은 나침반과 육분의 등을 들고 제1차 원정대 때의 해도와 현 위치를 비교하고 있었다.

이미 50일가량 갔었던 지난 항해에서도 발견하지 못한 생명체를 고작 30일 만에 발견했다? 적어도 원정 경험이 있는 페르낭에게는 있어서는 안 되는 일이었다.

"죽은 건 아니다. 가사 상태로군."

우르르 몰려 있는 유저들을 헤치며 인어에게 다가간 것은 뜻밖의 인물이었다.

"드레이크 선장! 인어에 대해서 아는 겁니까?"

"조금."

드레이크는 모자를 슬쩍 들어 하늘을 보곤 검지를 펴 허공을 가리켰다.

다른 유저들은 몰랐지만 크라벤의 유저들은 갑작스레 호들갑을 떨기 시작했다.

"우앗! 뭡니까?! 왜 우리 선박에다가 '그걸' 쓰는—"

우르르릉, 와르르릉—!

뉴-서펜트 호 선박 위의 하늘이 순식간에 어두컴컴해지기 시작했다. 그제야 다른 유저들도 알 수 있었다.

"태, 태풍을? 태풍을 부른 거예요?"

"이놈아, 이놈, 드레이크! 무슨 헛짓거리를 하는 게야! 닻도 안 내린 채 정선 중인 거 몰라?"

선박 한 척을 무조건 침몰시킬 수 있는 드레이크의 필살

스킬.

물론 NPC이자 신대륙 원정 선박의 선장으로 임명된 자가 자신의 배를 침몰시키기 위해 쓴 것은 아니었다.

"가사 상태의 인어를 깨우는 데에는 깨끗한 민물이 필요하다. 조용히 해, 버크."

콰쾅─!

번개 한 발이 바다에 내리꽂히자마자 먹구름에선 비가 쏟아지기 시작했다.

비는 그야말로 뉴─서펜트 호를 1m 이상 벗어나지 않는, 극히 제한된 구역 안으로만 내렸다.

"……마나 조절."

람화정은 하늘을 바라보고 혼잣말처럼 읊조렸다.

"진짜 네임드 NPC이기는 하구나. 선박 침몰급의 태풍을 고작 이런 빗줄기로 바꿀 수 있다고?"

"보통 마법은 약하게 쓰기가 더 힘들던데……."

"강하게 쓰는 것도 만만치 않아요. 하긴, 여기 계신 분들이야 어느 정도씩은 다 하겠지만."

랭커급 유저들조차 감탄하게 만드는 마나 조절 솜씨였다. 이 정도가 가능한 것은 람화정 외에는 없으리라.

"아직 식수가 많기는 하지만, 받아 놔서 나쁠 건 없겠지. 전 선원은 수통을 채워! 선장님의 은혜를 마음껏 누리자!"

다른 유저들이 인어를 구경하기 바쁠 때에도, 항행부터 생각하는 크라벤의 유저들은 NPC들을 독려하며 식수를 채우기 시작했다.

그렇게 비가 내리기 시작한 지 대략 10여 분이 지나고, 마침내 인어 남성의 손가락이 꿈틀거렸다.

"어, 깬다! 깬다!"

"드레이크 님! 인어도 우리 말 하나요?"

"하지 않을까? 그냥 몬스터 같은 개념 아냐?"

"몬스터는 좀 심했다. 드워프 같은 개념으로 보는 게 낫겠지. 아인종 NPC들처럼."

드레이크는 유저들의 호들갑 속에서도 말을 아끼곤 인어의 어깨를 살며시 쥐고 흔들었다.

"정신이 드는가."

"콜록…… 콜록, 콜록, 콜록! 우-어! 우-아아아!?"

격하게 기침을 하며 깨어난 인어는 주변을 바라보기 무섭게 고함을 질렀다.

가사 상태가 얼마나 됐는지는 모르나 즉각 신체 능력을 회복할 순 없을 터, 모르는 선박의 갑판에 놓여 모르는 인간들에 둘러싸인 상태는 당연히 공포스러울 수밖에 없다.

"우아아아아! 어인魚人은- 어, 어인, 해수들- 버블 슈-"

"스킬?"

남성형 인어는 하체를 파닥거리며 손가락을 들어 올렸다.

그 손끝에 순식간에 모여드는 마나의 알갱이를 보며 유저들이 잠시 당황했으나, 별다른 일은 일어나지 않았다.

"안심하라, 운디네의 일족이여."

콱-!

드레이크가 그 손을 붙잡으며 스킬 시전을 막았다. 중후하면서도 또렷한 드레이크의 목소리는 마침내 인어의 귀에 닿았다.

패닉에 빠져 고함을 지르던 인어가 얌전해진 것도 그때쯤이었다.

그러나 이하뿐 아니라 다른 유저들 모두 단순히 '목소리' 때문일 리가 없다고 생각했다.

'분명히 인어다. 드레이크도 저걸 인어라고 표현했어. 근데 저 인어는 깨어나자마자 '어인'이라고 말했다. 게다가 운디네의 일족은 또 뭐지?'

드레이크와 인어가 내뱉는 한 마디, 한 마디의 키워드.

그것이 유저들이 곁에 있을 때만 나오는 NPC들의 어떤 힌트 같은 개념임을 모르는 유저는 이 자리에 없었다.

"정신이 드는가? 나를 알아볼 수 있겠는가?"

인어는 드레이크를 바라보며 눈을 껌뻑였다.

마치 개구리처럼 눈꺼풀과 눈동자 사이에 한층의 막이 더 있다는 사실을 본 유저들이 잠시 인상을 찌푸렸으나, 적어도 인어의 정신이 돌아온 건 확실해 보였다.

"당신은- 해, 해신의 아들!? 인간계로 쫓겨난- 아니, 인간계로…… 나가신 해신의 도련님이 맞습니까?"

해신의 아들? 해신의 도련님?

유저들의 머릿속에 또 다른 키워드들이 입력되었다. 이하로서는 제법 익숙한 단어였다.

그 키워드에 더 격하게 반응한 것은 정작 유저가 아니라 NPC였다.

버크는 기분 나쁘다는 티를 팍팍 내며 인어를 향해 고함치고 있었다.

"해신 같은 소리! 크라벤의 얼간이들이 드레이크를 띄워주려고 붙인 별명이잖아! 어디 천생 뱃사람 앞에서 그따위 망발을—"

"나는 더 이상 그의 아들이 아니다. 나를 그렇게 부르지 말거라, 운디네의 일족이여."

버크의 고함은 순식간에 잦아들었다.

"무슨— 뭣? 드레이크 이놈—"

버크의 얼굴이 푸들푸들 떨리고 있었지만 그는 더 이상 말을 잇지 못했다.

어떤 말을 해야 하는지 모르는 듯한 표정!

그것은 크라벤의 다른 해양 직업군 유저들도 마찬가지

였다.

저 진지한 목소리와 차분한 몸가짐 앞에서 어떤 말을 할 수 있을까.

"허어, 군도에서 [드레이크의 전설]이라는 퀘스트가 있긴 있었는데…… 설마 진짜였다고? 여지껏 한 번도 없던 인어라는 종족이 갑자기……."

제2차 인마대전 영웅의 후예, '후크'가 고개를 갸웃거리는 게 유저들이 할 수 있는 반응의 전부였다.

어렴풋이나마 상황을 이해하고 있는 건 이하뿐이었다.

'그 업적을 땄을 때부터, 아니, 이 코트를 받았을 때부터 이상하다 했어.'

업적은 '해신의 아들이 인정한~'이었고, 이 코트의 이름은 '해신의 가호가 담긴~'이다.

처음부터 이 키워드와 관련된 무언가가 있으리라곤 예상했던 바.

그러나 이하조차도 '비유'가 아니라 문자 그대로의 뜻이라고는 생각하지 못했다.

'후크는 여태 인어가 나타난 적 없다고 했지. 그렇다면 이것 또한 [페이즈 3]의 영향일 가능성이 크다.'

그때쯤에서야 후크도 이하와 비슷한 생각을 하곤 입을 다물었다. 그러나 이미 상당수의 유저는 눈치를 챘으리라.

"속일 생각은 없었다, 버크."

"웃- 웃기지 마! 웃기지도 않아! 웃기는 소리하고 있군!"

웃기다는 건지, 웃기지 않다는 건지 마구잡이로 토해 내는 버크를 보며 드레이크는 모자를 벗어 고개를 숙였다.

그것은 평생을 라이벌로 지낸 두 NPC 간의 관계 재정립이었다.

"내가…… 내 돛새치 호와 한평생 치고 받았던 네놈이 인간이 아니라고? 응? 그걸 믿으라는 거냐?"

"지금은 인간이다. 이 얘기는 다음에 다시 하도록 하지."

"이잇-"

드레이크에게 주먹이라도 휘두르려 하던 버크는 더 이상 다가갈 수 없었다. 그는 명실공히 퓌비엘의 해전 사령관이다.

현재의 분위기와 자신의 분노 중 무엇이 더 중요한지 저울질 할 수 있는 NPC였다.

'나였어도 빡치긴 하겠지만…… 미안해요, 버크 아저씨! 지금은 이쪽이 더 중요하니까 잠깐 참아 주세요!'

이하는 안타까운 표정으로 버크를 잠시 바라본 후, 주변을 살폈다.

"무슨 일이 있었던 건지 말해 줄 수 있겠나?"

"물론…… 입니다, 도련님."

"그냥 드레이크라고 불러 주게."

"하, 하지만-"

"괜찮네."

드레이크가 조심스레 인어를 안심시키고 있을 때, 모두의 눈과 귀가 드레이크와 인어에게 집중되어 있을 때 이하의 눈은 다른 곳을 향했다.

–저거 진짜예요?
–처음 만났을 때부터 다른 인간과는 마나의 기운이 달랐다. 허나, 그것이 해신의 아들인 줄은 몰랐군.
–헐……. 그 해신의 아들이라는 게 뭔데요?

인어와 드레이크의 대화를 통해 얻어 내는 것보다 더 빠른 방식. 이하가 몰래 귓속말을 나누는 건 에인션트 골드 드래곤이었다.

–바다에 존재하는 모든 물의 정령, 파도를 관장하는 운디네 일족의 왕. 그를 해신이라고 한다.
–그럼 저 인어와 드레이크 선장이 같은 종족이라는 건가요? 같은 종족인 정도가 아니고 '왕자'였다는 얘긴가? 바다의 왕자?
–그의 말에 의하면 '한때는' 그랬다는 뜻이지.

'지금은' 인간이라고 했으니까.
베일리푸스가 하지 않은 말도 이하는 알아들을 수 있었다.

'바다의 왕자 드레이크라.'

어딘지 모르게 웃음이 나올 것도 같았으나, 해신이라는 게 곧 모든 물의 정령인 운디네 일족의 왕이니 표현 자체는 틀린 게 없었다.

인어는 잠시 우물거렸으나 드레이크의 눈빛에 더 이상 저항할 수 없다는 듯 재빨리 입을 열었다.

"얼마 전부터 저희들이 태어나지 않고 있습니다…… 아니, 태어나곤 있지만- 인어가 아니에요. 녀석들은 그저- 인간의 팔과 다리와 유사한 형태가 돋아난 바다 생물일 뿐……. 순도 또한 매우 낮습니다."

"그게 아까 언급했던 어인魚人이라는 건가?"

"해신께서 그렇게 명명하셨습니다."

유저들의 머릿속에 제각각의 생각이 돌았다. 베일리푸스에게 추가 정보를 받은 이하도 마찬가지였다.

'태어난다, 라는 표현…… 아마 물의 정령이 인어로 변하는 시스템인가 보군.'

-물의 정령이 인어가 되는 셈이고요?

-정령이란 본디 원소 그 자체. 형태가 없는 그들이지만 일정 기간 이상, 일정 순도를 유지할 경우 각 정령에 어울리는 신체를 갖게 된다. 이곳, 바다에서 물의 정령인 그들은 파도라는 뜻의 운디네의 일족이 되며, 인어로 재탄생하는 것이지.

-으흠, 으흠, 대강 이해했습니다.

"그 녀석들이 어떻기에 질색을 한 거지?"

"……놈들은 대화가 통하지 않아요. 아니, 말을 모른다는 뜻은 아닙니다. 그저 굉장히 난폭하고 호전적이라는 뜻이에요. 인어가 태어나지 않게 된 시점부터 급격히 늘어난 어인들이 용궁 안에서 반란을 일으켰어요."

"반란? 그럴 수가. 아버지- 아니, 해신께서는 무엇을 하고 계신가. 무엇보다 그런 순도의 녀석들이 태어날 수가 없을 텐데?"

"맞습니다. 해신께서도 같은 말씀을 하셨습니다. 그래서 〈정화조〉에 문제가 있다고 판단하시며 그것을 바로 잡기 위하여 가셨으나…… 오히려- 오히려 해신께서-"

"어떻게 됐지?"

크라벤과의 해상전에서 이하가 뒤를 잡았을 때, 드레이크에게 블랙 베스를 겨누었을 때도 나오지 않았던 표정이었다.

그의 잔뜩 일그러진 불안한 표정을 보며 인어가 마지막 말을 내뱉었다.

"-어인이 되어 버리셨습니다."

"……그럴 수가. 그럴 수가 있나."

"믿을 수 없는 일이로군. 운디네 일족의 왕이 오염됐단 말인가?"

당황한 드레이크만큼 황당해하며 나선 것은 베일리푸스였다. 유저들은 NPC들의 대화를 유심히 듣고 있었다.

"크흑, 그렇습니다. 제발─ 제발 도와주십시오, 어인들을 피해 도망치던 일행들은 다 어떻게 되었는지도 모르겠어요. 어쩌면─ 이 모든, 이 모든 것이 도련님을 만나기 위함이었을지 모릅니다. 제발! 제발 용궁으로 돌아와 저희를 구해 주십시오, 도련님!"

인어는 끙끙거리며 갑판을 기어가 드레이크의 바짓단을 붙잡고 늘어졌다.

눈치 빠른 유저들은 그 모습을 보며 벌써 감을 잡기 시작했다.

─엉아야? 이거 아무래도─

─응, 이벤트 같은데. 아직 퀘스트로 발전은 안 하는 건가? 어쨌든 페르낭 씨가 해수들이 강해졌다고 한 것도 분명히 관계가 있을 것 같고⋯⋯. 아무래도 저 어인인지 뭔지가 태어나게 되었다는 것도 그 의미겠지.

푸른 수염이 무언가를 했을 것이다.

그러나 인어와 드레이크의 대화를 들으며, 그리고 베일리푸스에게 추가 정보를 얻은 이하는 불안하기만 했다.

'만약 퀘스트라 할지라도⋯⋯.'

어떻게 할 것인가.

"어떡하죠?"

"아직 퀘스트 창으론 안 떴지만 분명히 퀘스트로 이어질 느낌인데. 선택을 해야 할 거예요."

"길잡이인 페르낭 씨가 모르는 일인데 뭘 어떻게 해요. 그리고 인어? 뭐, 어인? 분명히 바다 밑의 일일 텐데 우리가 또 뭘 할 수 있다고."

"마왕의 조각과 관련이 있을 것 같기는 한데요. 몬스터들 강해진 것도 연관이 있을 테고. 들렀다 가는 게 낫지 않을까요?"

"우리 일정을 잘 생각해야 합니다. 마왕의 조각 얘기가 나왔으니 말인데, 이것도 우리의 시간을 끌기 위한 함정 같은 거면 어쩔 겁니까. 지금 이 순간에도 푸른 수염은 신대륙에서 다른 마왕의 조각들을 깨우고 있을지도 모릅니다."

"하긴…… 게다가 유저들이야 어떻게든 버틴다지만 NPC들 식자재는 100일치가 전부예요. 어디 들렀다 갔다가는 문제가 심각해질지도 몰라요."

유저들의 의견은 제각각이었다.

도와야 한다, 안 된다, 라는 커다란 두 개의 의견이 나뉘는 건 물론이고 그 안에서도 어떻게 할 것인가는 또 다른 방법들이 우후죽순 튀어나왔다.

'파우스트 건처럼 시간을 끌기 위해 이 짓을 했을 가능성도 분명히 있다. 젠장, 그렇게 생각하니까 갑자기 복잡해지잖아?'

옥신각신하는 유저들이 있고, 생각을 정리하는 유저들도 있다.

각자의 성향에 따라 이런저런 이야기와 생각이 오가는 뉴-서펜트 호의 선실은 순식간에 시끄러워졌다.

"우선은 가야죠. 그것만큼은 변함이 없습니다."

"네?"

상황을 정리한 것은 이하였다.

"가면서 생각해도 늦지 않으니까요. 우리는 아직 29일밖에 항해하지 않았습니다. 페르낭 씨의 말대로 대략 60일이 항행 기간이라면, 내일쯤 이 바다의 절반 정도 위치에 도달할 거예요. 저 인어의 일을 도울지 말지는 가면서 생각하고, 우선은 가면서- 첫 번째 마나 중계탑을 세울 지점을 찾는 게 더 중요하지 않을까요?"

이하는 아직 닥치지 않은 일에 대해 생각하기보다 당장 자신들이 받은 퀘스트, 해야 할 일에 대해 환기시켰고 그 말은 유저들을 일깨우기에 충분했다.

해도에 머리를 처박을 듯 숙이고 살펴보던 그의 고개가 드디어 들렸다.

"맞습니다. 내일이 벌써 30일째, 이제 비행 몬스터들도 나올 시점이 되었어요. 인어 관련 퀘스트는 퀘스트 창이 뜨거나 스토리가 조금 더 진행되면 그때 결정해도 늦지 않아요. 우선은 마나 중계탑을 세울 섬이라도 찾는 게 중요할 겁니다."

당연하지만 마나 중계탑을 물 위에 띄울 순 없다.

여명의 바다 중간지점이라고 판단될 만한 곳에 내일 전후로 도착할 터, 이제는 근처의 섬을 찾을 시점이 된 것이다.

"끄응, 근데 섬은 어떻게 찾지?"

"쾌속 보트였나? 그거 내리고 비행 마법 있는 사람들이 정찰해야 하지 않겠어요?"

"드루이드님이랑 테이머, 소환사님들이 소환물 써서 빠르게 찾는 게 나을 것 같은데요. 나머지 분들은 배 지키고."

"어떻게 해야 할까요, 페르낭 님?"

인어 퀘스트와 관련된 토론에서 가까스로 방향을 돌려놨지만 역시 사람이 많으면 모든 일에 이런 식이 될 수밖에 없었다.

마나 중계탑을 세울 섬을 찾는 일로 유저들이 옥신각신하며 페르낭에게 물었지만 페르낭으로서도 뚜렷한 수는 없었다.

"우선 찾는 수밖에 없어요. 보급형 망원경이라도 드릴 테니까, 작은 섬이라도 하나 발견하시면 그곳에다가 마나 중계탑을-"

"다들 바보입니까."

페르낭 또한 머리를 벅벅 긁으며 고민할 때, 선실 벽면에 기대어 선 키드가 자신의 모자를 들어 올렸다.

"엥? 키드? 갑자기 무슨 소리예요?"

이하의 물음과 함께 모두의 시선이 키드에게 쏠렸다.

"지금 밖에 '인어'가 있습니다. 물의 정령이라는 존재를 앞에 두고 발로 뛸 생각을 하는 겁니까."

"……아!"

"방금 전까지 인어의 처우에 대해 고민하던 사람들이 할 행동이 아닌-"

"땡큐, 키드! 페르낭 씨! 나가서 인어한테 물어보면 되잖아요! 저들의 용궁에 가서 돕는 건 둘째 치고, 어쨌든 정보라도 써먹을 수 있을 테니까!"

인어는 순도 높은 물의 정령이 실체를 갖게 된 것.

그리고 정령이 해당하는 성질의 원소라는 베일리푸스의 표현에 따르면, 인어는 즉, 바다 그 자체나 다름없다!

다른 유저들은 인어와 물의 정령의 관계를 아직 이해 못한 자도 많다.

그러나 베일리푸스에게 이것저것 물어본 이하는 키드의 몇 마디 안 되는 말로도 즉각 알아차릴 수 있었다.

키드 또한 베일리푸스를 통해 인어에 대한 정보를 얻었다는 것을 말이다.

'얌전하게 있는 척하면서 베일리푸스 님이랑 언제 또 친해 졌대? 하여튼 방심할 수 없다니까.'

이하는 키드가 자신을 보며 픗, 웃는 걸 보곤 같이 웃어 줬다.

키드 또한 이하가 베일리푸스를 통해 정보를 얻었다는 사 실을 충분히 눈치챘을 것이다.

"그렇네요! 역시! 삼총사들이 이래서 좋다니까! 얼른 나가 서 물어봐요!"

페르낭이 해도를 챙기고 선실 밖으로 나서자 유저들이 우 르르 그를 뒤따랐다.

비행 몬스터의 출몰을 하루 앞둔 항해 29일차.

인어라는 새로운 종족과 정령에 대해서 알게 된 신대륙 원 정대원들은 들뜨고 또 흥미로운 마음을 감출 수 없었다.

그리고 그 들뜸은 인어의 한 마디로 산산조각 나게 되 었다.

"신대륙이요?"

인어가 고개를 갸웃거렸다.

"네! 혹시 아는 거 없으세요? 어, 앞으로 한 30일가량 더 가면 커다란 육지가 있을 것도 같은-"

"아뇨…… 무슨 말씀이신지 잘……. 이 배의 속도로 30일 가량 더 간 곳이 용궁 인근 바다일 텐데……. 그 근처에 작은 섬이 하나 있긴 하지만 대륙이 있다는 얘기는 들어 본 적이 없는걸요?"

가장 먼저 얼굴이 일그러진 사람은 페르낭이었다.

"그게 무슨…… 말씀이시죠? 신대륙이 없다고? 아니, 그럴 리가─ 제가 분명히 봤어요! 지금 이런 속도로 약 50일의 항해, 그 끝에, 완파되는 선단들의 저 너머에서 분명히 대지의 기운을 느꼈다고요! 그─ 그 갈매기들은? 갈매기들은 어쩌고─"

"……저기─ 그러니까…… 그때 보신 게 섬일 거예요. 작은 섬이라고 말했지만 그건 저희들의 무대인 이 바다에 비해서일 뿐, 그 정도로 작은 건 아니지만 하여튼 대륙은 절대 아닙니다."

인어는 송구스럽다는 표정으로 페르낭을 바라보았다.

그 자신의 잘못도 아니건만, 페르낭의 저 좌절 깊은 표정을 보면서는 다른 유저들도 별다른 말을 할 수 없었다.

불안함이 뉴─서펜트 호의 곳곳으로 침투하고 있었다.

"말도 안 돼…… 말도……."

페르낭은 머리를 쥐어뜯었다.

치아에서 따다닥 소리가 나도록 턱을 떨고 있을 정도. 사태의 심각함은 굳이 이야기로 듣지 않아도 충분했다.

"혹시 대륙의 개념을- 대륙이 뭔지 아시는 겁니까? 인간들의 대륙을 혹시 보신 적이 있나요?"

"직접 본 적은 없지만 배웠어요. 이 바다의 크기와 인간들의 대륙 크기를 비교한 지도 정도는 저희도 있으니까……. 현재 이 배의 속도라면 이쪽 방향으로 대략 30일 거리에 있지요?"

"네."

"네. 그런 크기를 대륙이라고 한다면, 이 배의 진행 방향으로 30일 더 나아간 곳에 대륙은 없습니다."

"그러면- 그러면……. 여명의 바다 중앙부가 어디쯤인지는 알고 있습니까? 인간들의 저 대륙과, 신대륙 사이가 대략 어디쯤인지-"

"파도의 일족이지만 저는 매우 급이 낮은 인어입니다. 바다 전체에 대한 지식은 아직 저 또한 부족하여……."

"아…… 아아……."

페르낭은 더 이상 제대로 말도 하지 못했다. 바보처럼 입을 벌리고 신음을 흘리는 게 고작이었다.

'미친, 페르낭의 1차 원정대가 발견한 게 신대륙이 아니었다고? 그럼 이번 원정은 도대체 어떻게 가는 거야?'

이하 또한 사태의 심각성을 완전히 파악했다.

인어가 꺼낸 마지막 말은 페르낭에게 있어선 사형 선고나 다름없었다. 아니, 단순히 페르낭 한 사람의 좌절이 아니었다.

이번 계획 자체가 페르낭의 굳건한 믿음과 축적된 경험을 바탕으로 짜인 모든 것이다.

말하자면 이번 2차 신대륙 원정대의 전 계획이 뿌리부터 흔들리는 셈이나 다름없다.

"죄송한데, 지금 하시는 대화가 대체 무슨 뜻이에요? 신대륙 원정이 60일로 끝나는 게 아니라는 소리예요?"

유저 한 명이 고개를 갸웃거리며 물었다.

그러나 누구도 입 밖으로 Yes라는 대답을 꺼내지 못했다.

자신들의 불안함을 감추기 위해서.

"……지금 로그아웃 로테이션인 사람들이 들어와서 이 얘기를 들으면 몰카 찍는 줄 알겠는데……?"

"이 상황에 농담이 나와요, 기정 씨?"

기정만이 해학적인 말로 현 상황의 참담함을 표현할 뿐이었다.

Geschoss 9

"베일리푸스 님은 아셨어요? 아니면 혜인 씨나······. 그래도 공간에 관해서라면 제일 많이 아시는 분들이잖아요."

"여명의 바다 너머로는 나도 간 적이 없다. 로드께서라면 아셨을지도 모르겠지만······."

"저도 알 수가 없죠. 계산상 좌표 값이 존재하리라는 것 정도는 알지만, 그건 어차피 말 그대로 이론상이라서······. 마나에도 문제가 있고, 안정성에도 문제가 있으니까, 막무가내로 공간 이동을 할 수는 없어요."

베일리푸스와 혜인 모두 이하의 물음에 고개를 저었다.

인어와의 대화가 끝나고, 유저들이 각자의 선박으로 넘어간 이후, 전체적인 분위기는 이루 말할 수 없이 다운 된 상태였다.

이하만 이 배와 저 배를 돌아다니며 추가적인 조사를 더 하고 있는 상황이었다.

물론 이하가 이렇게 돌아다니는 것은 페르낭이 앓아눕듯 뻗어 버렸기 때문이다.

이번 신대륙 원정대 구성을 위해 가장 열심히 노력하고, 뛰어다녔던 유저는 이제 모든 실패의 책임을 질 위기에 처했으니…….

'에인션트 드래곤도 가 본 적 없는 곳이 신대륙이다. 그런 걸 계산 잘못했다고 페르낭 한 사람의 책임으로 돌려 버리는 건 너무 불합리해. 막말로 그 어떤 NPC도, 유저도 알 수 없었던 거였잖아.'

당연히 그렇게 되는 걸 두고 볼 순 없다.

제1차 신대륙 원정, 대륙의 자원과 NPC들의 희생을 말미암아 가까스로 정보만 알아내고 배를 돌린 페르낭의 경험이 없었다면 이만큼 올 수도 없지 않았던가.

무엇보다 아무리 이런 상황이라고 해도, 이건 게임이다.

여기까지 헛걸음을 시키고도 남을 운영진이란 것은 분명하지만, 적어도 세계관 상에서 모든 국가가 온 힘을 다해 만들어 온 이벤트 아니던가.

그게 이렇게 단순히 끝날 리가 없다는 게 이하의 생각이었다.

'우선은 문제가 무엇인지 인지부터 해야 한다. 당초 60일

간 항행 일정이 무기한으로 늘어난 셈이니까 현 상황에 가장 큰 문제가 되는 것은……. NPC들의 식량.'

유저들은 스태미너를 유지할 정도의 최소한 식량만 소모하면서 버텨야 한다.

스태미너가 다 떨어지면 HP와 MP의 회복이 되지 않으며, 배고픔이 더 심해질 경우 자연 소모가 시작되니까.

그러나 아끼고 아낀다 한들 당초 꾸려 온 식량이 100일 치뿐.

만약 항행 기간이 그 배 이상으로 늘어난다면? 유저들의 문제는 물론이고 미들 어스 안에서만 먹고사는 NPC들은 아예 죽어 버릴 수도 있다!

'낚시고 뭐고 유저들까지 풀가동 중이지만 저게 식량 상황에 며칠이나 더 보탬이 될지는 의문이고, 어쨌든 현 상황에선 최대치로 잡아 봐야 110일쯤인가.'

돌아가자는 의견이 나오는 것도 당연했다.

현재까지 항행은 약 29일의 거리.

지금 돌아가면서 29일을 소모하고 식량을 더욱 보충한 다음 재출발해서 현재 위치까지 오는 데 다시 29일이 걸린다는 뜻이다.

'하지만 그건 늦어. 너무 늦다.'

식량 보충이 하루 만에 뚝딱뚝딱 끝날 리 없다.

그 추가 시간까지 포함한다면 현재 위치까지 다시 오는 데에만 최소 65일이 더 걸린다.

얼마가 걸릴지 모르는 신대륙 원정에 그 정도의 기간이 확정적으로 늘어나 버리는 셈.

즉, 당초 신대륙에 도달하기로 했던 기간은 아득히 넘어버리게 된다는 뜻이다. 그 정도라면 미들 어스 시스템이라면 푸른 수염으로 하여금 모든 준비를 끝마치게 만들기에 충분했다.

'그다음 문제는 미들 어스에 집중해야 할 기간의 증가인가……'

현재 운영하는 로그아웃 로테이션은 효율적이고 또 합리적이다.

그러나 그건 60일의 항행을 기준으로 할 때일 뿐이지 않던가.

현실 시간을 12일가량 걸린다는 가정 하에 참가한 유저 모두 스케줄 정리를 하고 미들 어스에 집중할 수 있는 것이다.

만약 100일이 넘어가고, 120일이 넘어가고, 아예 그 끝조차 알 수 없게 된다면? 현실 시간으로 20일, 30일 이상 늘어나게 된다면?

'집중력은 흐트러질 수밖에 없어. 집중력뿐 아니라 현실의 다른 스케줄 때문에 접속 자체를 못하게 될 유저도 생기겠지. 그렇게 한 명, 두 명 로테이션에 구멍이 나면 그걸 메워야 하는 유저들의 피로는 누적되고 결과적으로 전체 유저들

이 흔들리게 된다.'

커다란 댐에 하나만 구멍이 나도 균열은 순식간에 전체로 번지게 되는 것이니까.

'차라리 끝이 확정이라도 되었으면 나으련만…… 신대륙까지 150일 걸린다! 하면 아예 계획이라도 새로 짤 텐데.'

인간이 가장 힘들어 하는 것은 불안감이다.

그리고 언제나처럼, 미들 어스는 유저들의 공포와 불안을 적절히 이용해 가며 게임의 난이도를 올려 버린 셈이다.

"아으으으! 젠장! 갑자기 또 무슨-"

"뭘 또 그렇게 혼자 고민하고 그러세요?"

"-아, 나라 씨."

이하가 현재 있는 곳은 청새치 호. 퓌비엘 감찰관 직책으로 원정대에 참가한 신나라가 있는 선박이었다.

"일정 때문에 그래요?"

"네. 페르낭 씨도 이만저만 패닉에 빠진 게 아니라…… 누구 한 명이라도 움직여야죠."

"꼭 이럴 때 앞장서서 나서더라. 다른 누군가가 할지도 모르잖아요."

신나라가 입을 비죽이며 이하에게 핀잔을 주었다.

왜 굳이 나서서 짐을 지냐, 라고 묻는 말투. 그러나 그녀의 표정은 결코 그런 게 아니었다.

이하는 신나라의 얼굴을 마주 보며 싱긋 웃었다.

"그런 성격이 아니라는 거 잘 아시잖아요."

"헷, 맞아요. 그래서 이하 씨가…… 이하 크흠, 콜록, 콜록."

저 천진난만한 미소. 하마터면 뒷말까지 튀어나올 뻔한 신나라가 가까스로 말을 삼켰다.

"제가? 뭐가요?"

"아니, 아뇨. 아무것도 아녜요. 다 좋은데 눈치가 코치라니까."

"응?"

"그, 그래서! 어떻게 하실지 생각은 하셨어요?"

조그맣게 중얼거린 신나라는 허겁지겁 말을 돌렸다.

이하는 연신 고개를 갸웃거리다 신나라의 물음에 다시 표정이 진지해졌다.

문제가 무엇인지 인식은 했다. 그러나 해결방법은?

'지금은 없어.'

단언할 수 있을 정도였다.

현재 상황에 이 난관을 타개할 방법 따위는 '없다'라는 결론. 따라서 이하는 오히려 하나에만 집중할 수 있었다.

"계속 나아가야죠."

"계속 간다고요?"

"네. 한 걸음씩. 천천히. 말하자면 우리는 앞이 보이지 않는 상황에서 평행대 위를 걷는 셈이거든요. 이 평행대가 얼마나 더 이어질지도 모르고, 자칫 잘못하면 평행대 밑으로 떨어질지도 모르지만……. 그래도 어쩔 수 없어요. 이 상황에서 최선은 결국 천천히, 나아가는 것뿐이에요."

이하의 목소리는 결연했다.

신나라는 동그란 토끼눈이 되어 고개를 천천히 끄덕였다.

"맞아요. 잘 아시네요."

"엥? 잘 안다고요?"

"이하 씨 펜싱 경기는 보셨죠?"

"무, 물론이죠! 룰도 외웠어요."

"외워요?"

"아, 아니, 룰도 알아요!"

신나라와의 관계가 진척되며 가까스로 외운 걸 티낼 뻔한 이하. 신나라는 이미 이하가 숨기려한 것을 알아차렸는지 풋, 하며 가볍게 웃었다.

"펜싱만큼 좁은 경기장에서 하는 스포츠도 없을 거예요. 극도로 제한된 폭에서 서로 칼을 겨눠야만 하는 경기…… 상대의 실력은 언제나 확대되어 보이고 나는 언제나 불안하죠. 메달을 따도 마찬가지더라고요."

"그래요? 안 그래 보이시던데."

"제 경기 찾아보셨어요?"

"그, 그냥– 뭐……."

그 경기들을 인터넷에서 보기 위해 룰도 외웠는걸요, 라는 말을 하는 게 좋았을까. 그러나 괜스레 부끄러운 이하는 그냥 얼버무리며 말을 말았다.

그 모습을 물끄러미 바라보던 신나라가 다시금 입을 열었다.

"후훗, 하여튼 하도 불안해하니까 코치들이 항상 하는 말이 있어요. 하나만 기억하면 된다고. 그게 뭔지 아세요?"

"으음…… 휘둘러라?"

"아! 거의 비슷했는데. 땡!"

"거의 비슷했으면 딩동댕 아니에요?"

"저격수가 목표물 못 맞추면 땡이죠? 근처에 맞았다고 적중은 아니잖아요?"

"윽…… 팩트 폭격을……."

이하가 가슴을 쥐며 연기하자 신나라가 깔깔거리며 웃었다.

그 들뜬 분위기가 다소간 차분해졌을 때, 신나라는 다시 입을 열었다.

"'불안할 때 뛰는 건 호구고, 멈추는 건 멍청이고, 돌아가는 건 겁쟁이다' 이렇게 배워요."

"뛴다……?"

"네. 불안하다고 무작정 상대에게 달려드는 것은 호구나 하는 짓이죠. 그 때만큼 맞추기 쉬운 때가 없거든요."

"멈추는 것도 비슷한 맥락인가요?"

"네. 멈춰 있으면 빈틈이 많이 보일 수밖에 없어요. 돌아가는 건? 말 할 가치도 없고요."

"흐음, 무슨 말인지 알겠어요."

이하는 신나라의 이야기를 들으며 그녀가 무슨 말을 하고자 하는지 이해할 수 있었다.

그녀는 지금 이하를 격려하고 힘을 주고자 하는 것이었다.

"따라서 한 걸음씩, 한 걸음씩. 천천히 내딛는 수밖에 없어요. 그 느긋함이 여유로 포장되어 오히려 상대를 짓누르고, 상대방이 되려 뛰쳐나오게 만드니까. 이하 씨는 호구, 멍청이, 겁쟁이 아니죠?"

직접적으로 힘내라, 기운 내라! 하는 것보다는 자신이 겪었던 상황에 빗대어 말해 주는 것.

말솜씨가 아주 좋은 편은 아니었기에 그 의도가 뻔히 드러나는 대화였지만 그녀의 진심과 따뜻함만은 이하에게도 잘 와닿았다.

"역시 나라 씨네요."

"뭐가요?"

"올림픽 메달리스트다운 말이라고요."

"그, 그게 무슨 소리에요? 욕인가? 기껏 힘내라고 얘기해 줬더니!"

"낄낄, 힘 됐습니다! 그냥 고마워서 하는 말이죠."

서슴없이 장난을 주고받을 수 있는 관계.

이하는 신나라와의 대화로 다시 한 번 자신의 선택을 확신하며 유저들을 설득할 힘을 얻게 되었다.

의견이 분분했던 신대륙 항행에 대한 건은 결국 현 상태 유지라는 임시 결론 하에 움직이게 되었다.

페르낭에 대한 사람들의 신뢰가 무너진 지금, 이하의 적극적인 설득이 사람들의 마음을 움직인 것도 있었지만 다른 유저들의 불안을 잠재운 것은 알렉산더의 한 마디였다.

[간다.]

랭킹 1위, 절대 지존의 패기 넘치는 한 마디에 담긴 많은 뜻.

이지원을 비롯한 다른 랭커들 또한 별다른 토를 달지 않았기에, 불안감은 다시금 자신감으로 바뀔 수 있었던 것이다.

분위기 반전 이후 다시 맞이하는 아침은 정확하게 크라벤 해안에서 출발한 지 30일이 되는 날, 쨍한 아침 햇살에서 '그것'을 가장 먼저 발견한 것은 뉴-서펜트 호의 보배였다.

"어머, 저게 뭐지? 새?"

"새요?"

"저, 저거! 저거 새 아니에요? 하늘에 움직이는 거!"

보배가 손가락으로 가리킨 곳을 기정도 손으로 차양을 만들며 노려보았다.

　푸른 하늘에 있는 검은 점 하나는 느린 속도였지만 확실하게 움직이고 있었다.

　"오! 대박! 진짜네?!"

　"새가 있다는 건 근처에 육지가— 아니, 신대륙은 당연히 아니겠지만 섬이라도 있는 거 아니겠어요? 갈매기 같은 거는 육지 근처에서만 날아다니잖아요!"

　"그런 섬에 들르면 식량도 보급할 수 있겠죠?"

　"응, 응! 마나 중계탑에 대한 것도 다시 한 번 검토할 수 있을 거고! 여명의 바다 중간뿐 아니라 또 다른 중계 지점이 있으면 더 안전하지 않겠어요?"

　원정대의 항해 계속 결정에 알렉산더의 자신만만한 태도만 영향을 미쳤던 것은 아니다.

　이하의 논리 정연하고 합리적인 설득은 물론, 공간 마법사 중 최고봉인 혜인이 내놓았던 또 다른 가설 또한 유저들의 마음을 안심시켰음엔 틀림이 없었다.

　'여명의 바다 중간이 아니더라도, 마나 중계탑을 하나 더 세울 다른 섬이라도 발견한다면 목숨을 건질 기회는 한 번 더 생긴다.'

　여차하면 모두 그곳으로 텔레포트를 하면 되니까.

　배를 버리고 도망쳐야 할 정도가 된다면, 퀘스트는 어차피 실패 직전의 상황이라는 뜻.

그 엄청난 퀘스트 실패 페널티를 피할 순 없겠지만, 적어도 사망 페널티만큼은 피할 가능성이 있다는 게 혜인의 가설이 주는 힘이었다.

"키킷, 이쪽으로 날아오는 것 같은데…… 엄청 느린가 보네요."

기정과 보배가 호들갑을 떨자 근처에 있던 비예미와 징경경도 그들에게 다가가 함께 고개를 올렸다.

"느리다고요?"

"벌써 대충 모양이 보여야 하지 않았겠어요? 갈매기가 됐든 뭐가 됐든. 키킷, 근데 아직도 형체가 제대로 보이지 않을 정도니, 얼마나 느리게 움직이고 있는 건지-"

웃으며 얘기하던 비예미의 표정이 점차 굳기 시작했다.

그 굳은 얼굴이 차차 돌아간 곳에 있는 사람은 징경경. 자이언트 드루이드의 표정도 다소 굳어 있었다.

"왜들 그래요?"

"하- 하이하이 님! 하이하이 님 불러와요! 빨리-"

비예미가 난리를 쳤다.

여전히 보배와 기정은 고개만 갸웃거렸을 뿐이었지만, 비예미와 징경경은 즉각 알 수 있었다.

비행체의 속도가 느리다고? 새가? 그럴 리 없다! 그러나 아직도 느릿하게 움직이는 것처럼 보인다는 뜻은?

'엄청난─ 엄청난 상공에서부터 내려오고 있다는 뜻!'

즉, 거리가 멀다는 의미가 된다. 그것도 어마어마하게.

그러나 그렇게 거리가 멂에도 녀석은 엄지손톱 정도의 크기였다.

엄지손톱으로 가릴 수 있을 정도로 작다는 게 아니다. 반대로 말하자면⋯⋯.

'속도가 느리게 느껴질 정도로 높은 곳에 있는 녀석이─ 엄지손톱 크기로 보일 정도라는 의미?!'

그렇다면 배의 머리 위에 있을 때는 대체 크기가 얼마나 된다는 것인가! 비예미와 징겅겅은 그 점을 본능적으로 깨달은 것이다.

"비─ 비사아아앙─! 비사아아아앙─! 공중에서 거대 괴생물체 출현! 본 선박들을 향해 급격 강하 중! 전부 일어나세요! 〈폴리모프 : 베어〉."

쉬이이익, 가뜩이나 거대한 자이언트가 곰으로 변하니 더욱 커졌다. 징겅겅이 곰으로의 변신을 선택한 이유는 하나였다.

꾸워어어어어어─────────!

말하자면 그것은 비상벨이나 다름없었다. 뉴─서펜트 호와 청새치 호의 유저들이 순식간에 갑판으로 뛰쳐나왔다.

"우히히힛! 재미있군! 이놈의 바다는 매일 매일이 서프라이즈인가? 아주 즐거워!"

"그런 소리 할 때가 아니라고요, 삐뜨르 님! 내 '매'가 겁을 먹고 비행을 거부할 정도라니까!"

청새치 호 갑판의 삐뜨르가 낄낄대자 옆에 있던 '헌터' 유저가 투덜거렸다.

미니스의 토너먼트에서 우수한 성적을 내며 원정대에 참가, 징정경의 폴리모프와 그의 매는 지금껏 정찰조 역할을 훌륭히 수행했었다.

그렇게 용기 충천한 그의 매가 지금, 그의 팔뚝 위에 앉아 부르르 떨고 있는 것이다.

다른 유저들이 몬스터의 크기와 속도에 대해 예측하고 있을 때, 그 방비에 관해 논의할 때도 별다른 긴장이 없는 유저들도 몇몇 있었다.

그중 한 명이 삐뜨르와 함께 청새치 호에 타고 있는 치요.

"흐응, 과연…… 저런 몬스터인가. 저런 거 몇 개만 길들일 수 있으면 우리도 편할 텐데. 어떻게 생각하세요, 용용?"

그녀는 살랑, 살랑 허리를 흔들며 걸어가 '테이머' 유저의 팔뚝을 끌어안았다.

"그, 저기─ 치, 치요 님의 뜻은 알겠지만 테이머가 길들이려면 우선 몬스터와의 친밀도가 우선이라서요……. 저, 저 녀석을 제가 길들일 수 있을지—"

"아잉, 그런 미지근한 대답 말고. 길들일 수 있죠? 하나만 길들여서 나 선물해 주면 좋겠는데에. 나중에 우리 가게로 오면 잘 해 줄게요."

그녀의 애교는 마치 잘 익은 복숭아와 같았다.

그녀의 곁에 있기만 해도 퍼지는 달콤한 향은 물론, 전투 복장이 즐비한 미들 어스에서 보이는 한줄기 꽃과 같은 움직 임까지.

테이머 용용의 팔을 자신의 가슴팍으로 조금 더 힘 있게 당기며 치요가 말을 했을 때, 그녀를 거부할 수 있는 남성은 미들 어스 내에서도 손에 꼽을 것이다.

"그, 콜록, 케헴, 히, 힘은 내보겠습니다."

"웅, 웅, 제가 어떤 몬스터인지 봐 드릴 테니까 꼭 성공하 셔야 해요?"

치요는 그를 향해 한쪽 눈을 찡긋 감고는 팔을 풀었다.

이하에게 부탁받은 신나라가 틈틈이 감시하고 있었지만, 지금까지 그녀의 거동에 특별히 이상한 점은 없었다.

그럴 수밖에. 그녀 또한 이번 퀘스트를 부여 받은 유저다. 괜스레 퀘스트의 진행을 방해할 필요는 전혀 없다.

오히려 신대륙 원정대가 신대륙에 무사히 도착하기를 누 구보다 간절히 원하는 게 치요이리라.

'최전방에서 살아 있는 정보를 습득하기 위함이니까. 개척 기지까지 지어진다면 그곳에 또 다른 발판도 마련할 수 있고……. 하이하와 배가 나뉘어 아쉽지만 그래도 충분히 만족스러워. 저격 외에 상황 판단에 대한 그의 고민까지 낱낱이 알 수 있으니까.'

치요는 천천히 스킬을 캐스팅했다.

다른 유저들 또한 그녀의 움직임에 집중하고 있었다.

뉴-서펜트 호에선 오라클 직업의 루비니가 유사한 스킬을 사용하고 있을 것이라는 것도 알았다.

언젠가 이하가 궁금해했던 점.

몬스터의 움직임을 예측하고 그 형태를 보여 주는 임무를 청새치 호에서 수행하는 사람은 바로 치요였다.

"〈진동의 춤〉."

치요가 쓰는 스킬은 진동의 춤.

주변의 진동을 감지해 그 떨림을 3차원 지도화시키는 '정보 탐색용' 스킬이었다.

그러나 그 스킬의 능력보다 남성들의 시선을 끄는 것은 샤라라랑-! 어디선가 들려오는 것 같은 악기 연주 소리에 맞춘 치요의 움직임.

사뿐사뿐 걸으며 춤을 추는 치요의 모습을 헤벌쭉 입을 벌리며 바라보는 유저가 즐비했다.

"다들 어딜 보는 겁니까! 집중하세요! 집주- 아아……?!

세상에! 이, 이게– 이게 저 몬스터의 크기라고?"

신나라가 박수를 짝! 치며 유저들을 일깨웠다.

그리고 청새치 호의 모두의 눈이 치요의 지도에 집중되었다.

루비니의 스킬과 표시하는 방식은 달랐지만 알아보는 데 부족함은 없었다. 마치 블럭처럼 우둘투둘한 질감으로 생성된 작은 것이 바로 청새치 호.

그 장난감 같은 청새치 호의 상공으로 한참이나 올라간 곳, 하늘에서 내려오고 있는 '거대한 몬스터'는 크기를 믿기 어려운 수준이었다.

"뭐야……? 비행기– 아니, 우주선 같은 건가?"

"저거 잡는 거 맞아요? 아닐 것 같은데. 커도 너무 크다."

"내, 내려오고 있기는 하잖아!"

"다 꺼져라, 머저리들. 놈은 내가 잡는다."

루거가 〈코발트블루 파이톤〉을 들고 망루 위로 기어오르기 시작했다.

다른 유저들의 사고보다 빠른 것이 그의 본능.

그러나 이번만큼은 달랐다. 이미 치요에게 '부탁'을 받은 유저가 있었기 때문이다.

"녀석은 제가 맡겠습니다! 길들여서 이번 원정에 도움이 되도록 할 테니 공격은 주의해 주세요! 가자, 윙–포니!"

"뭣?! 이런 미친 놈–"

날개 달린 작은 조랑말에 겨우겨우 앉아 있는 테이머가 하늘로 날아오르기 시작했다.

'후훗, 난관은 꼭 '적'일 때만 있는 건 아니죠. 아군이 적만큼 방해될 때…… 어떻게 할 거지, 하이하?'

그리고 그 모습을 보며 치요가 아주 작은 미소를 머금고 있었다.

"뭐야?! 저거- 저거, 누구야!"

루거와 같은 움직임을 보이고 있던 이하도 당황스럽긴 마찬가지였다.

재빨리 메인마스트의 망루까지 올라가 블랙 베스를 들어올렸건만, 오히려 하늘로 날아 올라가는 저 유저는 대체 누군가.

"엉아! 청새치 호의 테이머 용용 님이래! 저걸 길들이겠다고 했다는데?!"

"키킷, 말도 안 돼. 윙-포니는 사람을 태워서 날 수 있지만 대신 속도가 느리다고요. 저 몬스터의 공격을 피하면서 친밀도를 올리기엔 역부족일 텐데."

"마, 맞아요! 그야말로 마차 대신 쓰는 이동용이지……. 저걸 타고 굳이 나는 사람을 보는 것도 처음인데……. 잡아

먹힐 거예요."

　기정의 외침을 들으며 비예미와 징정정이 회의적인 감상을 내놓았다.

　뉴-서펜트 호의 인원들도 루비니의 스킬과 페르낭의 지식을 통해 해당 몬스터를 이미 확인한 상황, '자이언트 알바트로스'라는 녀석을 상대할 준비를 하고 있었다.

　"페르낭 씨! 지난번엔 어떻게 잡았어요?"

　"그냥 도망갔죠! 저걸 어떻게 잡겠어요. 그러나 속도도 속도라서…… 선단 선박 중 두 척을 희생시키면서 가까스로 간 거였는데……."

　배가 아무리 빨라도 비행체보다 빠를 순 없다. 하물며 이하의 눈에 들어온 녀석의 크기는 어떤가.

　'그 옛날 캔들 캐슬의 검독수리가 대략 경비행기 수준이었다. 근데 저건 대체…….'

　뉴-서펜트 호와 청새치 호를 향해 낙하하고 있는 녀석의 크기를 이하는 다시 한 번 가늠해 보았다.

　날개를 펼치고 떨어지는 놈의 폭은 대략 40m 전후. 부리 끝에서 꼬리깃까지의 길이 대략 50m 전후.

　심지어 떨어지는 속도도 대단해서 녀석의 뒤꽁무니로 비행구름과 유사한 대류의 뒤섞임까지 발생할 정도였다.

　'제주도 갈 때 타는 비행기보다 큰 건 확실하군.'

　그것은 말하자면 중대형 여객기 수준의 비행 몬스터다.

이하는 침을 꿀꺽 삼켰다.

아직 녀석과 해수면의 거리는 대략 4km 수준이지만 강하 속도를 고려한다면 앞으로 얼마 남지 않았다.

'한 번만 직격당해도— 아니, 직격 수준이 아니다. 녀석이 두 선박의 머리 위로만 날아도—'

후폭풍으로 선박이 뒤집어질지도 모른다.

저 정도 크기와 속도라면 해수면 근처에서 일으키는 파도도 결코 무시할 수 없을 것이다.

"젠장, 그래서 어떻게든 빨리 쏴야 하는데—"

아직은 닿을 거리가 안 된다. 하물며 녀석을 향해 거슬러 올라가는 테이머 유저는 또 어떻게 해야 하는가.

'알렉산더 씨는 어쩔 생각이지?'

이미 드래곤으로 변한 베일리푸스 위에 알렉산더는 탑승해 있었다.

에인션트 골드 드래곤 이상의 크기를 가진 비행 생명체를 향해 돌진할 생각일까?

—추락시킬 수 있겠나.

알렉산더로부터 귓속말이 온 것은 그때였다.

−아직 사정거리 밖이에요. 1분 안에는 닿겠지만−

−아니, 테이머 말이다.

−용용 님? 용용 님을 쏘라고요?

−내 지시에 따르지 않는 자는 필요 없다.

−자, 잠깐만요! 그렇게 극단적으로 나올 것까지야−

−베일리푸스의 공격으론 용용이 죽을 것 같아 하이하 그
대에게 부탁하는 것이다.

알렉산더의 목소리는 빠르지 않았지만 꽤 힘이 들어가 있
었다.

테이머 용용의 돌발행동으로 그가 충분히 열이 받았다는
건 이하도 알 수 있었다.

−아, 죽지 않게 추락만 시키라고요?

−그렇다.

−하아아…… 알렉산더 씨가 보기엔 제가 약해 보일지 몰
라도 결코 그렇지 않다고요.

일반 공격으로 3만 이상의 데미지를 내는 게 이하의 '평타'
공격이건만, 랭킹 1위가 보기엔 역시 허접하기 그지없는 것

일까.

이하는 알렉산더가 알게 모르게 자신을 무시(?)하고 있다는 점에서 다소 아쉬웠으나 지금은 그런 감정을 느끼는 것도 사치였다.

−용용 님! 어디 가는 거예요? 얼른 돌아오세요!
−제가, 제가 저거 길들일 수 있을 것 같아서요!
−무슨 말도 안 되는 소리를 하고 계세요, 그렇게 느려 빠진 윙−포니로 무슨…… 안 될 거라는 건 더 잘 아시잖아요! 갑자기 왜 그러시는 거예요?
−그게…… 그…….

용용은 우물쭈물 말을 잇지 못했다.
치요의 부탁이 있기 때문에. 그녀에게 잘 보이고 싶어서. 라는 답변을 할 정도로 간이 큰 유저는 아니었다.

−아! 저, 저걸 길들이면! 우리 전부 다 저거 타고 가도 되잖아요! 저 정도 크기면…… 안 그래요?
−엥?

자이언트 알바트로스를 탄다? 이하는 다시 블랙 베스의 스코프 너머로 보이는 거대한 조류 몬스터를 보았다.

'확실히 중대형 여객기급. 제주도 가는 비행기도 최소 100명 이상 탑승하지. 만약 길들일 수만 있으면 신대륙을 한결 더 빠르게…… 가 아니고!'

─유저들만 타는 게 문제가 아니잖아요! 마나 중계탑 재료는?! 결국 선박이 없으면 안 된다고요!

이하는 잠깐이나마 혹한 자신에게 부끄러웠다.
이번 퀘스트의 내용을 정확히 파악하고 있음에도 저런 얼토당토않은 유혹에 넘어갈 뻔하다니!
파우스트를 비롯한 마왕군의 토벌에 참가했던 유저들에게는 선보상으로 스탯 포인트 세 개를 받은 퀘스트가 있다.
그 내용은 신대륙 원정대에 참여하여 신대륙에 도달하는 것.
만약 자이언트 알바트로스를 길들이고, 탈 수 있다면 그 퀘스트는 깰 수 있을지 모르겠지만, 진짜 신대륙 원정대원이 되며 받았던 퀘스트의 내용은 그것뿐만이 아니다.
마나 중계탑 건설 또한 아주 중요한 내용이다!
자이언트 알바트로스를 어찌어찌 활용해서 날아간다 하더라도 퀘스트를 성공시킬 수는 없는 것이다.

─그래도─ 하지만─ 죄송해요! 하여튼 제가 꼭 길들여 볼

게요!

  ─아니, 그게 안 될 거라니깐─

  슈우우욱─!

  이하의 외침을 무시하며 용용은 더욱 속도를 내었다.

  이하는 한숨을 내쉬며 청새치 호의 망루를 바라보았다. 지금 이 답답함을 느끼고 있는 것은 이하 자신만이 아닐 터.

  게다가 아직까지 용용은 상공 1km도 도달하지 못했다.

  이 정도 사정거리는 충분히 닿는 그가 이하 이상으로 참을성이 많을 리 없었다.

  ─멈춰, 루거어어어─!

  투콰아아아앙────────────!

  이하는 총부리를 빠르게 내리며 청새치 호의 망루를 향해 발포했다. 정확히는 망루의 위쪽, 루거의 머리 위로 총탄이 날아가게끔 한 것!

  ─잇, 이 빌어 처먹을 놈이? 죽고 싶은 거냐?

  ─방금 용용 님 쏘려고 했지?

  ─알렉산더 머저리에게 이미 이야기한 거니까 짜져 있어.

  ─안 돼, 안 돼! 젠장, 폭주하는 건 꼴 보기 싫지만 그래도

필요한 사람이라고!

이하가 걱정하는 것은 그 점이었다.

테이머는 몬스터나 생물의 친밀도를 관리해야 한다는 점에서 드루이드와 유사하지만, 대상을 '펫'의 개념으로 사용한다는 점에선 소환사와 유사하다.

두 종류 직업의 특징을 모두 갖고 있다는 뜻.

향후 신대륙의 개척 기지에서 어떤 일이 벌어질지 모르는데다, 드루이드 대표인 징경징이나 소환사 대표인 유저가 죽어 버릴 가능성을 염두한다면?

테이머 직업군은 백업용 자원으로 꼭 필요하다는 의미다.

-그럼 어떡할 거지? 저 병신을 살리느라 우리 배가 모조리 뒤집어지게 둘 건가? 지금 큰 새를 처리하지 않으면 낙하지점을 미리 파악하기도 힘들다. 알고 있겠지?

-젠장! 알고 있으니까 기다려 보라고!

자이언트 알바트로스의 처리 문제는 단순히 죽일 수 있느냐, 없느냐가 아니다.

엄청난 크기, 엄청난 속도로 떨어지는 녀석을 어찌 죽인다고는 해도 그 사체가 즉각 사라지는 게 아니라는 것도 문제다.

'막말로 놈의 사체가 바다에 떨어져 만드는 파도에 휩쓸려

도 배가 뒤집어질 확률이 크다. 최악의 경우는 그 사체에 배가 부딪치며 산산조각 나는 거고.'

따라서 미리 처리해야만 한다.

놈이 더 이상 움직이지 못하게끔, 방향을 틀지 못하게끔 죽인 후, 예상 낙하지점에서 최대한 먼 방향으로 항해하도록 선장 NPC들에게 알려 줘야만 한다.

'자이언트 알바트로스를 그냥 쏴 버리자니 그 진로에 용용이 깝죽 대면서 시야를 막고 있으니……'

루거가 용용을 쏴 죽이려는 이유였고, 이하가 당장 자이언트 알바트로스를 쏠 수 없는 이유이기도 했다.

루거는 대를 위해 소를 희생하고자 했고, 이하는 그 '소'마저도 어떻게든 살리고 싶어 하는 상황이다.

'후훗, 거봐, 거봐, 그럴 줄 알았어. 이걸로 확실해졌군…… 그게 하이하의 약점인 거야. 그렇게 욕심 부리다간 지킬 수 있는 것도 못 지키게 되는 때가 온다고, 자기?! 우훗.'

그 교착을 보며 청새치 호의 갑판에서 치요가 싱긋 웃고 있었다.

치요가 생각한 이하의 약점은 바로 생각이 많다는 것. 두 마리 토끼를 잡으려다간 한 마리 토끼도 놓치는 법이거늘.

'게다가 사람을 다치게 하지 않는 방법을 많이 생각하지? 라이징-선 때도 누구의 도움도 받지 않았고, 화홍과 별초의 길드전 때도, 국가전 때도 그랬어. 주변인들에게 민폐를 끼

304 마탄의사수 16

치지 않으려는 성향 때문에 언제나 위험을 혼자 짊어지려 해. 그게 당신의 목을 옥죄고 말 텐데……. 아니, 내가 그 목을 옥죄어 줄 건데…… 우훗.'

이런 생각을 하고 있었으나 그녀의 표정만큼은 근심걱정이 한가득이었다.

겉과 속을 완벽히 분할해서 행동할 줄 아는 그녀는 시노비구미의 수장 다운 연기력도 갖추고 있는 셈. 그러나 그녀는 한 가지 사실을 간과하고 있었다.

이하는 왜 항상 두 마리 토끼를 노리는가.

왜 생각을 많이 하는가.

"후우우우……. 이 정도는 어쩔 수 없지. 미안합니다, 용용 씨."

이하는 클릭을 조정하며 하늘을 향해 날아가는 용용을 조준했다.

아니, 엄밀히 말하면 그의 스코프가 정확하게 노리고 있는 것은 용용이 아니었다.

용용을 쏘지 않고도 용용을 막을 방법.

투콰아아아아앙─────────────!

"끼─히히힝!"

"어, 어어엇?!"

이하의 탄환이 향한 곳은 윙─포니의 한쪽 날개였다.

균형을 잃은 조랑말은 공중에서 퍼덕이며 순식간에 추락

했다.

"키킷. 그렇지. 굳이 사람을 쏴서 막을 필요가 없는 거거
든요. 나이스, 하이하이 님!"

"저 용용이란 작자에겐 계도가 필요할 것 같습니다."

"그 말에는 저도 동감이에요."

키드와 기정이 열이 잔뜩 난 표정으로 하늘에서 천천히 떨
어지는 용용을 살폈다.

혜인과 베일리푸스의 마법 덕분에 그는 다치지 않고 청새
치 호로 안착하게 되었다. 그러나 비난의 화살을 피할 순 없
으리라.

"죽여, 오빠."

"형님! 발포각 안 나와요? 아니면 업적 노리는 중?"

"…이제 시간이 얼마 없습니다. 사살 후 추락 속도와 추락
이후 쓰나미의 여파 범위를 생각한다면— 앞으로 1분 25초
이내에는 사살해야 해요."

용용의 돌발 사태가 종료되었지만 여전히 자이언트 알바
트로스의 위험은 제거되지 않았다.

뉴-서펜트 호의 유저들은 루비니가 만들어 놓은 3D 지도
를 보며 점점 더 조급해졌다.

단순히 몬스터와 선박의 크기 비교 때문만은 아니었다.

선박의 속도까지 포함된 시뮬레이션은 시간제한을 초과했을 때의 여파까지 그려 내고 있었다.

"미, 미친- 방금 그게 추락했을 때 시뮬레이션이에요?"

"네. 타임 리미트는 앞으로 1분 20초, 늦으면 드레이크 선장이라 해도 해일의 범위를 벗어날 수 없을 겁니다."

"뭘 하는가, 하이하."

드레이크마저 시뮬레이션을 확인한 후에는 입술을 깨물 정도로 초조해했다. 모든 이의 시선이 한곳으로 몰렸다.

여전히 3km 이상의 고도에 있는 녀석에게 공격을 성공시킬 사람은 이하밖에 없었기 때문이다.

'쏠 수 있어. 쏘면 된다. 하지만······.'

이하는 망루 아래의 뉴-서펜트 호 유저들과 청새치 호의 유저 구성을 떠올렸다.

단순히 잡는 거라면 지금 당장이라도 맞출 수 있을 것이다.

'잡는 걸로 끝내야 하는 걸까.'

무려 '중대형 여객기' 크기의 조류를? 잽싸게 죽이고, 그 추락 파동만 벗어나면서 끝내자고?

그건 이하에게 너무 아쉬운 선택이었다. 단순 아이템 루팅을 넘어선 이하의 또 다른 계획이 무럭무럭 자라나고 있었다.

-나라 씨!

-네! 뭐하세요, 이하 씨?!

-지금부터 제가 하는 말 잘 듣고 재빨리 전파해 주세요!

-네? 갑자기 무슨-

-빨리! 시간이 없어요. 그쪽 배의 유저들과 타이밍이 맞아야 하니까!

-아, 알았어요.

이하는 신나라를 향해 황급히 귓속말을 하면서도 또 다른 유저를 불렀다.

"혜인 씨! 은천 씨! 이지원 씨! 람화정 씨! 베일리푸스 님이랑 호흡 맞출 수 있죠?"

"에? 네?"

"저요?"

"으, 알렉산더랑 같이 뭐하기 싫은데."

"오빠가 하라고 하면."

이하는 다시 한 번 스코프를 보며 자이언트 알바트로스의 속도를 살피고, 유저들을 바라보았다.

'이게 진짜 될까? 아니, 되기만 한다면- 훨씬 여유가 생긴다. 젠장, 리스크가 없으면 리턴도 없는 거야.'

루비니가 만들어 낸 시뮬레이션 결과를 봤다면 이하의 생각이 바뀌었을까? 그것은 알 수 없었다.

그러나 지금 이 시점에서 이하가 어떤 계획으로, 어떤 욕심을 내고 있다는 건 양 선박의 모든 유저가 눈치를 챘다.

'후훗, 또 뭘 하려고? 용용을 막아 세운 방법이야 너무 시시해서 재미도 없었지만, 이번에 욕심 부리면 피해가 작지 않을 텐데……'

이제는 치요의 눈에도 자이언트 알바트로스의 크기가 보일 정도였다.

급강하하는 거대한 조류가 바람을 가르는 소리 또한 살벌하게 들려오고 있다.

"어, 엉아?! 늦겠어!"

"하, 하이하 님! 빨리요! 빨리!"

"중요한 순간에 얼어붙는 건 당신답지 않습니다, 하이하."

기정과 징겅겅 그리고 키드까지 주먹을 꽉 쥐며 하늘을 멍하니 바라볼 수밖에 없는 상황.

페르낭이 말했던 '비행 몬스터'가 단순히 하피나 그리핀 같은 몬스터가 아니라는 상상은 왜 못했을까, 하는 후회가 뒤늦게 밀려오고 있었다.

"아니…… 이미 늦었어요. 지금 막 타임 리미트를 지났습니다."

그러나 후회는 언제나 늦는 것.

여전히 안대를 착용하고 있는 루비니였지만, 안대 너머 그녀가 어떤 표정을 하고 있을지는 충분히 상상되었다.

"안 늦었어! 전원 충격에 대비! 조금 더 떨어뜨릴 겁니다!"

[하이하아아아~! 지금 데임 신나라가 뭐라고 하는 거야?! 미친 거 아냐?]

"그냥 조용히 따라 주세요, 버크 아저씨! 뉴-서펜트 호보다 청새치 호의 움직임이 더 중요해요!"

신나라에게 모든 지시를 들은 청새치 호의 선장, 버크가 확성 마법까지 쓰며 이하에게 투덜대고 있었다.

상황은 일촉즉발. 이제 자이언트 알바트로스의 고도는 2.3km대.

"후우우, 후우우."

이하는 블랙 베스를 들어 올렸다.

이제는 시야를 가리는 방해꾼도 없다. 떨어지는 여객기급 조류의 모습도 스코프 안에 또렷하게 보일 정도!

'이렇게 공개하고 싶진 않았지만…… 어쩔 수 없어. 우리 모두를 위해서!'

이하는 호흡을 가다듬었다.

바닷바람이 제법 세차게 불었지만 이제 그런 건 이하에게 아무런 의미도 없었다.

'풍향, 풍속 무시. 탄도 직선. 목표물의 비행 속도 대략 시속 250km 전후. 점점 가속이 붙고 있다.'

하이아……

'관절 고착 : 하부. 스나이프. 목표와의 거리 2.1km, 2km,

1.9km-"

키이잉———

'테스트를 한 번밖에 못해 본 게 아쉽게 됐군.'

이하는 하강하는 자이언트 알바트로스의 진로를 예측했다.

어쩌면 한 방에 죽이지 못할지도 모른다. 죽이더라도 그 후의 계획이 실패할지도 모른다.

'이런 생각이 필요 없다는 얘기지. 람화연에게 그렇게 말해 놓고 내가 휘둘리는군.'

이하는 떽떽거리는 붉은 머리의 여성을 떠올리며 긴장을 풀었다.

"이하 씨! 얼른 쏴요오! 아니면 차라리 내가-"

보배가 활을 들어 올릴 정도로 다급한 상황이 되어서야 이하는 한 마디를 천천히 내뱉었다.

치요는 그 장면을 보며 입술에 피가 나도록 깨물 수밖에 없었다.

어째서 이하가 생각이 많은가. 왜 이하는 두 마리 토끼를 노리는가.

이유라면 당연히 한 가지밖에 없다.

"〈다탄두탄〉."

두 마리 토끼를 잡을 수 있는 실력이 있기 때문이다.

투콰아——— 콰콰콰콰콰————!

한 발의 총탄은 총구를 벗어나기 무섭게 27갈래로 쪼개졌다.

다탄두탄의 자체 스킬 페널티에 따라 개별 공격력은 무려 30%가 하락하지만 덩치가 큰 자이언트 알바트로스는 27개의 총탄 중 그 어떤 것도 피할 수 없으리라.

"우웃, 베일리푸스!"

[이런- 이런 스킬이라니……? 저 블랙 베스의 봉인이 또 하나 풀렸단 말인가!]

알렉산더가 허둥거리는 에인션트 골드 드래곤의 목을 콱 붙잡았다.

베일리푸스가 자신의 위에 알렉산더가 앉은 것도 모르고 다급하게 움직일 정도로 놀랐다는 뜻이다.

그럴 수밖에 없었다.

에인션트 골드 드래곤이라 해도 전체 탄환 직격 시 생존을 장담할 수 없는 것이 이하의 범위 공격 〈다탄두탄〉이었으니까.

이하와 레벨이 20개 이상 차이 나는 대상에 대해 모든 버프와 페널티를 총합 적용할 시, 다탄두탄 한 개의 공격력은 약 24,000.

27발의 위력 총합은 무려 648,000이다.

"와……."

"키킷, 진짜 〈전설급〉 템들이 날뛰기 시작하면 밸런스 붕괴라니까……. 뻬뜨르는 여분의 목숨을 비축할 수 있지를 않나."

"이하 형……. 언제 저런 스킬을……."

대부분의 유저가 할 수 있는 반응이라곤 그저 감탄뿐이었다.

탱커 기정조차도 자신의 모든 방어 스킬과 방패를 구현해 낸다 한들 이하의 공격에서 버틸 자신은 없었다.

"〈와일드 번치〉를 한 방향으로 토해 내는 스킬이라니……. 이건 지나친 사기입니다."

"저, 저까짓- 저까짓 공격은 어차피 효율이 떨어져! 광범위 공격을 곧이곧대로 맞아 줄 병신이 세상에 어디 있나! 목표물이 작으면 특히 공략이 힘들어질 거라고!"

이하의 스킬이 무엇 때문인지, 어떤 효력이 있는지, 심지어 약점이 무엇인지 순식간에 파악한 것은 역시 같은 삼총사들뿐.

키드는 긍정적인 방향으로, 루거는 부정적인 방향으로 이하의 〈다탄두탄〉의 특징을 정확하게 짚어 냈다.

그리고 또 한 명, 청새치 호의 치요도 마찬가지였다.

'새로운 스킬이라…… 단순히 주목 받기 위해 뜸을 들이진 않았을 거야. 사정거리나 탄속의 저하 같은 페널티가 있겠군. 데미지도 일반 한 방보다는 약할 것이고…… 그럼에도 잡을 수 있다는 건가?'

오히려 총기를 쓰지 않는 그녀였기에 이하의 스킬에 '있을 법한' 특징을 추측할 수 있었다.

치요는 흥미롭다는 표정으로 날아가는 탄환과 하강하는 자이언트 알바트로스가 엇갈릴 지점을 바라보고 있었다.

이미 청새치 호에 추락해 유저들의 질타를 받고 있는 테이머 용용에 관해서는 아무런 관심도 없어 보였다.

이하는 이하대로 숨을 죽이고 있었다. 한 발이라도 어긋나선 안 된다.

몇 발이 어긋나느냐에 따라 저 거대한 녀석에게 얼마나 타격을 줄지 알 수 있을 터!

'……3, 2, 1-'

―――――――――――삐이이이이―――――――!

화아아아……!

공중에서 아련하게 들려오는 조류의 울부짖는 소리.

그와 함께 망루에 있던 이하의 몸에서 백색 빛이 뿜어져 나왔다.

다탄두탄 27발의 정밀 폭격!

다른 유저들은 잡기는커녕 싸울 엄두조차 내지 못하는 거대 괴수였지만 이하의 블랙 베스, 강의 폭군은 거뜬하게 삼켜 버리는 데 성공했다.

"우와아아아아-!"

"잡, 잡았어? 저걸?"

"한 방? 아니, 저기- 하이하 님 데미지가 대체 몇인데 한 방에 죽어요?"

"게다가 레벨은 몇이기에 한 마리 잡고 레벨 업을 해?"

"하이하 님 레벨이 낮은 거야? 저 몬스터 레벨이 높은 거야? 아니, 뭐가 됐든지 말이 안 되잖아! 저렙이 저런 공격력을 내나? 고렙이 한 방에 죽나?"

유저들은 순식간에 축제 분위기가 되었다. 그러나 들뜨고 웅성거리는 것도 2초 이상 넘을 수 없었다.

하늘에선 여전히 자이언트 알바트로스가 떨어지고 있으니까.

'어머나아아아, 정말 잡았다니……! 보면 볼수록 내 밑에 두고 싶어진다니까!'

치요가 눈을 반짝였다.

진열장 너머에 있는 반짝이는 보석을 발견한 사람처럼 놀라움과 간절함, 그 두 가지가 뒤섞인 탐욕이 동공에서 번들거렸다.

'하지만 이미 한계선은 넘어 버렸는데 어쩔 거지? 드래곤이 배를 들어 올리는 것 정도로는…… 어마어마하게 발생될

해일을 피할 순 없을 텐데.'

오히려 사망하면서 스스로 비행을 조절할 수 없게 된 자이언트 알바트로스의 사체는 더욱 가속하며 추락하는 중.

치요를 비롯하여 모두가 감탄과 경악, 걱정이 뒤섞여 혼란스러워하고 있을 때, 이하의 목소리가 쩌렁쩌렁하게 바다를 갈랐다.

"청새치 호, 뉴-서펜트 호! 자이언트 알바트로스의 추락 지점으로 전속 전진! 질문 받지 않겠습니다! 다시 한 번 말합니다! 추락 지점으로! 자이언트 알바트로스의 예상 추락 지점으로 전속 전지이이이이이인!"

그것은 듣는 사람으로 하여금 귀를 한 번 후비게 만드는 말이었다.

《마탄의 사수》17권에서 계속······.

새벽의 신작!

天劍俠路

설경구 신무협 장편소설
DAWN ORIENTAL STORY

1

천검
협로

새벽

설경구_ 천검협로

《구범기》, 《운룡대팔식》, 《게임볼》의 작가,
설경구의 신무협 장편소설 《천검협로》!

'천협'의 이름을 얻을 만큼 뛰어났던 무림맹주 곽도원.
하지만 인간으로서 행복하고 싶다는 원망을 품고 세상을 떠난다.
그리고 임가장에서 추협이란 이름으로 다시 태어나는데⋯⋯.

무림맹주의 새로운 삶으로 인한 일대파란은 누구나 예상할 터.
그러나 임추협은 아무것도 하고 싶지 않다.

"잊자! 다 잊고 살기로 했잖아."

하지만, 분명 세상에는 재미있는 일이 생기기 마련.
전생의 모든 것을 갖추고 무림을 뒤흔드는 호쾌한 모험극 개시!

새벽의 신작!

책 먹는 마법사
메켄로 퓨전판타지 장편소설
DAWN FUSION FANTASY STORY
Illustrated by 서현
1
새벽

메켄로_ 책 먹는 바법사

《테니스의 신》으로 돌풍을 일으킨 작가, 메켄로!
새로운 퓨전 판타지 《책 먹는 마법사》로 폭풍을 몰고 왔다!

"…학생, 자네가 지금 몇 서클이지?"

3년째 아카데미를 졸업하지 못하고 있는 낙제생, 테오도르 밀러.
명석한 두뇌와 의지만으로는 마법사가 될 수 없는 불운한 현실이었다.

그렇게 절망과 한숨의 나날 끝에 탐욕의 마도서, '글러트니'를 접한다.

이제 어느 책이든 손만 뻗으면 그 어떤 마법이라도 그의 것이기에
수석 졸업은 따놓은 당상! 아니, 세계 정복도 시간 문제!

노력과 근성만으로는 안 된다고? 그게 아니라 다 때가 있는 법!
순도 99% 노력파 마법사에게 '살짝 귀찮은' 1%의 기연이 찾아왔다!